長編小説

ふしだら美女の島

睦月影郎

竹書房文庫

目次

※この作品は竹書房文庫のために
書き下ろされたものです。

第一章　女だらけの孤島へ

1

「大森《おおもり》君、こっちよ」

遠くから声をかけられ、純児《じゅんじ》は駐車場を見渡し、すぐに白い車の横で手を振っている賀夜子《かやこ》の姿を認めて近づいた。

（え？　本当に賀夜子先生……？）

小走りに駆け寄りながら、純児は彼女の姿に驚いていた。

大学で助手として勤める彼女は、普段は清楚なスーツ姿にメガネという知的で大人しい雰囲気を持っているのに、今は長い脚を白いパンツで包み、シャツも花柄で、しかもサングラスをかけて長い髪を海風になびかせていた。

六月中旬だがよく晴れ、真夏のような入道雲が湧いている。

純児は、普段のシャツにジーンズとスニーカー、着替えの入ったリュックを背負っているだけだった。

大森純児は二十歳《はたち》の大学二年生。毛利《もうり》賀夜子は二十五歳で、純児の通う大学の国文科で助手をしている。

今日は何と、憧れのメガネ美女である賀夜子から、誰にも内緒でと二泊三日の旅行に誘われたのである。

ただ、友人も少なく恋人もいない純児だから、どんなに自慢したくても話す相手もいなかった。そして、まだファーストキスも知らない完全無垢《むく》な童貞、風俗すら行ったこともない身だった。

それが憧れのお姉さんに、いきなり誘われて舞い上がり、いそいそと出向いて来たのである。

しかも待ち合わせが、金曜の午前八時に江ノ島の駐車場というから驚いた。

金曜はろくに講義もないのでサボることにし、あとは土日にかけて賀夜子と過ごせると思うと、初体験への期待も大きかった。

大学があるのは都内だが、純児の実家が湘南にあり、昨夜は家に一泊したので、今朝は寝坊もせず江ノ島に来ることが出来た。

どこへ行って何をするのか、まだ彼は何も賀夜子から聞いていない。

彼女は、この白い乗用車で来たらしいが、バッグ一つを手に持つと、ドアをロックして歩き出した。

「こっちよ。朝食は済ませた？」

「はい、家で軽く」

言うと賀夜子は頷《うなず》き、彼も一緒に歩きはじめた。どうやら車での移動ではなく、海でも見にいくのかも知れない。

夏は近いが、まだ観光客は少なく、江ノ島の参道も人がまばらだった。

風下にいると、賀夜子のなびく髪が甘く匂った。

彼女は大学卒業とともに結婚したらしいが、子はなく、すでに離婚して丸一年だという。

大学で助手をするようになり、純児と知り合ってほぼ一年だから、彼女はバツイチとして赴任してきたのだろう。結婚生活は実に短かったようだが、理由などは何も聞いていない。

しかしバツイチと知らなければ見た目が若いので、時に賀夜子は大学生と思われることも多いらしい。

やがて二人はヨットハーバーに来た。

賀夜子は海を眺めるでもなく、迷いなく奥へと進んでいった。

「さあ、これよ。乗って」

「え……？」

賀夜子の指差す方を見ると、白い小型クルーザーが停泊しているではないか。

一瞬、他の人たちも一緒かなと失望しかけたが、純児が船に飛び移ると、彼女も舫《もや》いを解いて乗り込んできた。

他に人はなく、やはり二人きりらしい。

「か、賀夜子先生が操縦を？」

「そうよ、ちゃんと船舶免許も持っているもの」

笑みを浮かべて言う彼女に驚きながら、純児は船の中を見て回った。

一段高い操縦席は二人掛けで、下には広くはないがリビングにキッチン、他には寝室とバストイレもあるようだった。

やがて賀夜子が操縦席に座り、エンジンをかけたので彼も隣に座った。

目の前には車のナビに似た海図のモニターがあり、彼女も慣れた手つきで操作をはじめ、クルーザーが動きだした。

最新式のクルーザーらしく、車のように衝突防止や自動操縦などの機能も備えているのだろう。

もちろん彼はクルーザーに乗るなど生まれて初めてのことで、まさか人生で最初のデートが航海になるとは夢にも思わなかったものだ。

どうやら、単に知的で清楚なメガネ美女というだけでなく、まだまだ賀夜子には、純児の知らない部分が多くあるのだろう。

そしてハーバーを出ると、クルーザーはエンジン音も軽やかに、陽光の煌《きら》めく相模湾に乗り出していった。

「どこへ向かうんですか……？」

「三宅《みやけ》島の近くにある、宮園《みやぞの》島という小島よ。女主人の宮園佐和子《さわこ》さんは私の遠縁で、元自衛官の素敵な小母様《おば》」

賀夜子は、ハンドルを操《あやつ》りながら話してくれた。

宮園島は三宅島の西南十二キロに位置し、面積は二十キロ平方メートルというから御蔵《みくら》島よりも一回りぐらい小振りで、中央にある山は標高五百メートルという。

東京都になるが、元は無人島で、今は個人の所有らしい。

「宮園島と呼ぶより、私たちは桃尻島《ももじり》と呼んでいるわ」

「ももじり……」

「上から見ると、島の形が逆ハート型になっているから」

それなら普通にハート型で良いではないかと思ったが、ハートのトンガリが北を向いているので、どうしても尻に見えるようだ。

話では、無人島を買い取ったものだから、今までの集落や住民はおらず、田畑のあとなどもないらしい。

しかし佐和子が建てた近代的なホテルのような建物があり、電気やガス、水道も完備しており、食材や日用品などは船で三宅島に買い付けに行くようだ。

そこに住んでいるのは、佐和子と一人娘の桃子《ももこ》、そして料理などの手伝いに女性が二人いるようで、元をたどれば全て一族らしい。

「どうして、そこに僕が？」

「佐和子さんから、男子学生を一人呼んで欲しいって言われてたの。頭と顔が良い健康な男子を」

「そ、そんな、顔なんか良くないです。今までモテたことなんかないし、それにスポーツも苦手です」

「でも、体育の授業では普通に皆についていけただろうし、病気もないわよね？」

「ま、まあ健康ですけど……、力仕事とかさせられるんですか？」

急に不安になって彼は言った。勉強だけは得意だったが、男のいない島でコキ使われるのではないだろうか。

「大丈夫でしょう。特に聞いていないけど、とにかく二泊のリゾートを楽しんでくれればいいわ」

「それで、桃尻島にはどれぐらいで着くんです？」

「約八時間ね。おなか空いたら何かあるし、眠ってもいいわ」

賀夜子が操縦しながら言う。近くを通る船もなく、遠くに大島が見えている。

してみると、島に到着するのは日が傾く頃になるだろう。

それでも、賀夜子の隣を離れがたく思っていると、彼女がいろいろ訊《き》いてきた。

「全く女性と付き合ったことないの？」

「な、ないです。女性とのふれ合いなんて、体育祭のフォークダンスと義理チョコをもらったぐらいかな。文芸部だったけど活動なんかあまりなかったし、少し好きになっても言い出せなかったから……」

賀夜子とは、大学では授業や文学の話ばかりで、こうした突っ込んだ会話は初めてである。

しかし純児にとって賀夜子は憧れのお姉さんだから、毎晩のように彼女の面影でオナニーしていたのである。そして賀夜子への好意は、やはり彼女も何となく素振りで気づいていることだろう。

だから、この旅で良いことがあるかも知れないと期待して、昨夜は何とか抜くのを我慢してきたのだった。もちろん新品の下着を着け、実家を出る前にシャワーと歯磨きも済ませていた。

「いいわ、せっかく二人きりだし、島へ行けば何人もいて慌ただしいから」

賀夜子はそう言うと、進行方向にハンドルを固定すると、サングラスを外した。

そして隣にいる純児の肩を抱き寄せ、彼の頬に手を当てて横を向かせると、近々と顔を迫らせてきたのである。

（え……？）

純児は戸惑い、初めてメガネを外した彼女の美しい素顔に激しく胸が高鳴った。

心の準備が整わないうち、とうとう賀夜子がピッタリと唇を重ねてきた。

彼女が僅かに顔を傾けているので鼻が交差し、唇の柔らかな感触と唾液の湿り気が伝わった。

純児は、あまりに唐突な行為に頭が混乱し、ファーストキス体験をじっくり味わう余裕もなく、ただ息を震わせてじっとしているだけだった。

するとー、触れ合ったままの口が開かれ、彼女の舌が伸びてきたのである。

歯並びを舐《な》められると、彼も怖《お》ず怖《お》ずと歯を開き、潜り込んできた舌をぎこちなく舐め回した。

賀夜子の舌はチロチロと滑らかにからみつき、彼は生温《なま》かな唾液に濡れた美女の舌のヌメリに酔いしれ、痛いほど股間を突っ張らせてしまったのだった。

2

「ンン……」

舌をからめながら賀夜子が小さく呻《うめ》くと、熱い息で純児の鼻腔が心地よく湿った。

彼は自分の口臭を気にして、か細く呼吸していたが、次第に興奮が高まると荒い息遣いを繰り返しはじめた。

すると賀夜子が彼の手を握り、自分の胸に導くと、上から重ねて強く押し付けてきたのである。

シャツを通して、柔らかな膨らみと温《ぬく》もりが手のひらに伝わり、純児も恐る恐るモミモミと動かしはじめた。

「ああ……、いい気持ち……」

賀夜子が口を離して熱く喘いだ。僅かに唾液の糸が引いてすぐに切れ、彼女の口から洩《も》れる吐息が鼻腔を掻《か》き回してきた。それは花粉のように甘い刺激を含み、うっとりと胸に沁み込んできた。

「下へ行きましょう」

彼女が言って操縦席を立ったので、純児も一緒に下へ降りた。

見渡すかぎりの海原だし、自動操縦で問題はなさそうだ。他の船舶でも近づけば警報音が鳴るのだろう。

「さあ、脱いで、全部よ」

賀夜子は寝室に彼を招いて言い、ためらいなく服を脱ぎはじめた。

純児も激しい興奮に胸を高鳴らせ、震える指で脱いでいった。何やら夢の中にでもいるように、頭も体もぼうっとしていた。

やがて先に全裸になると、彼はベッドに身を横たえた。全て洗濯済みらしく、枕カバーもシーツも清潔なものである。

純児はピンピンに勃起しながら、とうとう二十歳にして初体験が出来る期待に息が震えた。しかも相手は、憧れのお姉さんなのである。

船の揺れもエンジン音も、さして気にならないので船酔いの心配はなさそうだ。

横になって、脱いでゆく賀夜子を眺めていると、見る見る白い肌が露わになっていった。

同時に、服の内に籠《こ》もっていた熱気が、甘ったるい匂いを含んで室内に立ち籠めはじめた。

彼女が背を向けてブラを外すと、滑らかな背中が見え、最後の一枚を下ろすと白く形良い尻がこちらに突き出されてきた。

桃尻という言葉を思い出したが、本来は馬に跨《また》がるとき、尻の形が悪くて据わりの悪い武士を嘲《あざけ》る言葉だったと、国文科の純児は知っていた。それでも、今は桃尻という言葉が、やけに艶《なま》めかしく感じられたものだ。

一糸まとわぬ姿になった賀夜子が向き直り、彼の横に添い寝してきた。

日頃見慣れているメガネをかけていないので、何やら見知らぬ美女と一緒にいるようである。

「ああ、可愛いわ……」

賀夜子は感極まったように言い、彼の顔を胸に抱きすくめてきた。

「前から、こうなることを願っていたのよ」

彼女が囁いた。

それならもっと早く言ってくれれば良いのにと純児は思ったが、やはり彼女も、こうして誰もいない海原に出たので気持ちが開放的になっているのだろう。

とにかく純児は、よく女体を観察する暇もなく、顔中が柔らかな膨らみに埋め込まれ、心地よい窒息感に噎《む》せ返った。

「さあ、初めてならしてみたいことが山ほどあるでしょう。何でも好きにしなさい」

賀夜子が言い、仰向《あおむ》けの受け身体勢になってくれた。

純児は胸に抱かれたままだから、のしかかる格好になり、そのまま鼻先にある乳首にチュッと吸い付いた。

コリコリと硬くなった乳首を舌で転がすと、

「アア……、いい気持ち……」

彼女がうっとりと喘ぎ、クネクネと身悶えはじめた。

着衣の時はほっそり見えていたが、着痩せするたちなのか、顔中に密着して弾《はず》む膨らみは実に豊かだった。

もう片方の膨らみにも手を這わせながら、純児はジックリと乳首を舐め回し、もう片方にも移動して含み、充分に舌で転がした。

左右の乳首を貪《むさぼ》り尽くすと、さらに彼は賀夜子の腕を差し上げ、腋《わき》の下にも鼻を埋め込んでいった。そこは生ぬるくジットリと湿り、何とも甘ったるい汗の匂いが濃く籠もっていた。

鼻腔を満たしながら舐めると、特に汗の味はなく、剃《そ》り跡のざらつきも感じられずスベスベと滑らかだった。

「あう、くすぐったいわ……」

彼女は呻いたが、拒みはせず身を投げ出してくれていた。

やがて純児は白くきめ細かな肌を舐め下り、形良い臍《へそ》を探り、ピンと肌の張り詰めた下腹にも顔中を押し付けて弾力を味わった。

しかし、まだ肝心な股間に行く気はない。

割れ目を舐めたり嗅いだりしたら、すぐにも入れたくなり、あっという間に済んでしまうだろう。

それよりは、せっかく身を投げ出してくれているのだから、この際隅々まで未知の女体を味わい、神秘の部分は最後に取っておこうと思ったのだった。

だから純児は、艶めかしい腰のラインから太腿《ふともも》へ移り、スラリとした脚を舐め下りていったのだった。

脚はどこもスベスベの舌触りで、彼は足首まで下りると足裏に回り込み、美女の足裏に舌を這わせはじめた。

踵《かかと》から土踏まずを舐め、形良く揃った爪先に鼻を押し付けて嗅ぐと、指の股は生ぬるくジットリと汗と脂《あぶら》に湿り、ムレムレの匂いが濃厚に沁み付いて、悩ましく鼻腔が刺激された。

(ああ、お姉さんの足の匂い……)

純児は興奮と感激の中で、蒸れた匂いを貪り、爪先にしゃぶり付いてしまった。

そして指の間に順々にヌルッと舌を割り込ませて味わうと、

「あう、汚いのに……」

賀夜子は呻き、くすぐったそうに腰をよじったが、やはりされるままになってくれた。純児も興奮に息を弾ませながら、両足とも味と匂いが薄れるほどしゃぶり尽くしたのだった。

そしていったん顔を上げた。

「どうか、うつ伏せに……」

言うと賀夜子も素直に寝返りを打ち、うつ伏せになってくれた。

彼は踵からアキレス腱、脹《ふく》ら脛《はぎ》から汗ばんだヒカガミを舐め上げていった。

滑らかな太腿から、尻の丸みをたどったが、もちろん谷間を味わうのは後回しだ。

腰からスベスベの背中を舐め上げていくと、ブラのホック痕《あと》は淡い汗の味が感じられた。

肩まで行くと長い髪に鼻を埋めて甘い匂いを嗅ぎ、搔き分けながら耳の裏側の湿り気も嗅いだり舐めたりした。

彼女がうつ伏せだと視線を気にすることなく、思いのまま積極的に行動出来た。

うなじから、再び背中を舐め下り、たまに脇腹に寄り道してから、彼は形良い尻に戻ってきた。

うつ伏せのまま股を開かせ、真ん中に腹這い、彼は尻に迫った。

指でムッチリと谷間を広げると、何やら巨大な肉マンでも二つに割るような感触が伝わった。

谷間には、薄桃色の可憐な蕾《つぼみ》がひっそり閉じられ、純児は単なる排泄器官の末端がどうしてこんなに美しいのかと見惚《みと》れた。

もちろん童貞でも、ネットの裏動画などで女性器や肛門ぐらい見たことはあるが、やはり現実に生身を見る興奮は格別だった。

彼は吸い寄せられるように蕾に鼻を埋め込むと、顔中に弾力ある双丘が心地よく密着してきた。

蕾には蒸れた汗の匂いが沁み付き、純児は湿り気を嗅いでから、舌を這わせていった。細かに収縮する襞《ひだ》を充分に舐めて濡らすと、ヌルッと潜り込ませて滑らかな粘膜を探った。

「く……」

顔を伏せたまま賀夜子が呻き、キュッときつく肛門で舌先を締め付けてきた。

純児は舌を蠢《うごめ》かせ、ほんのり甘苦い粘膜を味わい、出し入れさせるように動かしはじめた。

「あう、もうダメよ……」

賀夜子が言い、自分からゴロリと寝返りを打ってきた。

やはり尻の谷間は羞恥が激しいのか、それとも早く肝心な部分を愛撫されたいのかも知れない。

純児も彼女の片方の脚をくぐり、再び仰向けになった賀夜子の股間に迫った。

白くムッチリと張りのある内腿を舐め上げ、割れ目に近づいて目を凝《こ》らした。

丘には黒々と艶《つや》のある恥毛が程よい範囲に茂り、割れ目からはみ出す花びらはヌラヌラと蜜に潤っていた。

股間全体には、悩ましい匂いを含んだ熱気と湿り気が籠もっている。

そっと指を当てて陰唇を左右に広げると、中はピンクの柔肉で、さらに多くのヌメリに満ちていた。

花弁状に襞の入り組む膣口が息づき、ポツンとした小さな尿道口も確認できた。そして包皮の下からは、小指の先ほどのクリトリスが、真珠色の光沢を放ち、愛撫を待つようにツンと突き立っていた。

3

(とうとう賀夜子先生の、この部分にまで到達したんだ……)

純児は、初めて見る女性器に感激し、艶めかしい形を目に焼き付けた。

「アア、そんなに見ないで……」

賀夜子が、彼の熱い視線と息を股間に感じて喘いだ。

やがて彼も、堪《たま》らず賀夜子の中心部に顔を埋め込んでいった。

柔らかな茂みに鼻を埋めて嗅ぐと、隅々には蒸れた汗とオシッコの匂いが悩ましく籠もり、鼻腔を掻き回してきた。

(ああ、これが女の匂い……)

純児は胸を満たしながら思い、舌を這わせていった。

陰唇の内側は大量のヌメリに満ち、すぐにも舌の動きがヌラヌラと滑らかになり、愛液は淡い酸味が感じられた。

息づく膣口の襞をクチュクチュ掻き回し、潤いを味わいながら柔肉をたどり、ゆっくりクリトリスまで舐め上げていくと、

「アアッ……、いい気持ち……!」

賀夜子がビクッと顔を仰け反らせて喘ぎ、内腿でキュッときつく彼の両頰を挟み付けてきた。

やはりネットの情報の通り、クリトリスが最も感じるのだろう。彼は匂いに酔いしれながらチロチロと執拗に舌先でクリトリスを弾《はじ》いては、新たに湧き出してくる大量の愛液をすすった。

そして純児は執拗にクリトリスを舐め回しながら、そっと指を濡れた膣口にあてがい、ゆっくり押し込んでみた。

すると潤いに助けられ、指はヌルヌルッと滑らかに吸い込まれ、根元まで熱く締まる肉壺に締め付けられた。

内壁は細かなヒダヒダがあり、ペニスを入れたら心地よさにひとたまりもなく暴発しそうである。彼はクリトリスに吸い付きながら、指の腹で内壁を摩擦し、天井の膨らみもいじった。

「ああ、もうダメ、いきそうよ……！」

賀夜子が声を震わせ、激しく腰をよじって拒んだ。やはり指と舌で早々と果てるのは、何とも惜しいのかも知れない。

純児は味と匂いを記憶に焼き付けてから、舌と指を引き離すと彼女の股間から這い出し、添い寝していった。

すると賀夜子が呼吸を整えながら、入れ替わりに身を起こし、彼の股間に移動してきた。

そして純児を大股開きにさせると真ん中に腹這い、顔を寄せてきたのだ。

長い髪がサラリと内腿を刺激し、股間の中心部に熱い視線が注がれた。

「すごく勃《た》ってるわ。嬉しい……」

賀夜子は言い、それでも突き立ったペニスには迫らず、まず彼の両脚を浮かせて尻の谷間に迫ってきたのだった。

両の親指でムッチリと谷間が開かれると、純児は美女の視線を肛門に感じ、羞恥と興奮に幹をヒクつかせた。

彼女はためらいなく舌を伸ばし、チロチロと彼の肛門を舐め回し、自分がされたようにヌルッと潜り込ませてきた。

「あう……」

純児は妖《あや》しい快感に呻き、思わずモグモグと味わうように賀夜子の舌先を肛門で締め付けた。

彼女は熱い鼻息で陰嚢《いんのう》をくすぐりながら、内部で舌を蠢かせた。

すると内側から刺激されたように、さらに勃起したペニスがヒクヒクと上下した。

やがて賀夜子も、舌を出し入れさせるように動かしてから、引き離して脚を下ろしてくれた。

「清潔にしてるのね」

「で、出がけにシャワーを……」

彼は答えたが、賀夜子との体験を期待して洗ったことも、彼女は見透かしていることだろう。

そのまま彼女は、鼻先にある陰嚢にしゃぶり付いてきた。二つの睾丸《こうがん》が舌で転がされ、袋全体が生温かな唾液に心地よくまみれた。

「ああ……」

純児は、陰嚢がこんなに感じることを初めて知って喘いだ。

たまにチュッと吸い付かれると、急所だけに思わずビクリと腰が浮いた。

やがて賀夜子は口を離すと、さらに前進して、いよいよ肉棒の裏側をゆっくり舐め上げてきたのだ。

滑らかな舌が先端まで来ると、長い髪が股間を覆い、内部に熱い息が籠もった。

賀夜子は幹に指を添え、粘液の滲《にじ》む尿道口をチロチロと舐め回し、張り詰めた亀頭にも舌を這わせてきた。

さらに丸く開いた口で、スッポリと喉の奥まで呑み込むと、

「アア……！」

純児は夢のような快感に喘ぎ、懸命に肛門を引き締めて暴発を堪えた。

しかし賀夜子も心得ているようで、彼が漏《も》らさないよう吸引も摩擦も控えめにしてくれ、まずはペニスを唾液に濡らすことに専念した。

生温かな唾液がたっぷり分泌されると、彼自身はどっぷりと心地よく浸り込んだ。

熱い鼻息が恥毛をそよがせ、幹が震えるたびに濡れた口の中に触れ、否応なく彼は高まってきてしまった。

「い、いきそう……」

限界を迫らせて口走ると、すぐに賀夜子もスポンと口を引き離してくれた。

「入れたいわ。上になる？」

「ど、どうか跨いで下さい……」

賀夜子が訊いてきたが、とても身を起こす元気はなく彼は答えた。それに初体験は女上位の方が、いかにも手ほどきを受け、あるいは美女に犯されているような気分になれるので憧れだったのだ。

すると彼女が身を起こして前進し、純児の股間に跨がってきた。

そして幹に指を添えて支えると、先端に濡れた割れ目を押し当て、位置を定めるとゆっくり腰を沈み込ませてきたのだった。

張り詰めた亀頭が潜り込むと、あとは滑らかにヌルヌルッと根元まで呑み込まれていった。

「アア……、いいわ、奥まで感じる……」

賀夜子が顔を仰け反らせて喘ぎ、完全に座り込んでピッタリと股間を密着させた。

純児は、とにかく生まれて初めての快感と、憧れのお姉さんと一つになった感激で懸命に奥歯を嚙《か》み締めて絶頂を堪えていた。

「いい？　なるべく我慢して……」

賀夜子が言い、ゆっくりと身を重ねてきた。彼も下から夢中で両手を回して抱き留めると、胸に柔らかな乳房が密着して弾んだ。

「膝を立てて。夢中で動いて抜けるといけないから」

彼女が顔を寄せて囁き、純児も両膝を立てて尻を支えた。

（ああ、とうとう童貞を卒業したんだ。しかもいちばん好きな人を相手に……）

純児は、賀夜子の重みと温もりを全身で感じながら思った。

じっとしていても、膣内では若いペニスを味わうような収縮がキュッキュッと繰り返され、無意識に幹を震わせると彼女も応えるようにきつく締め付けた。

すると彼女は純児の肩に腕を回して密着し、あらためて上からピッタリと唇を重ねてきた。

舌が潜り込むと、彼も賀夜子の息で鼻腔を湿らせながらネットリとからめた。

彼女が下向きだから、生温かな唾液が流れ込み、純児はうっとりとそれを味わい、小泡の多いシロップで心地よく喉を潤した。

「ンン……」

賀夜子が熱く鼻を鳴らし、徐々に腰を動かしはじめた。

恥毛が擦れ合い、コリコリする恥骨の膨らみも伝わり、彼も合わせてズンズンと股間を突き上げてしまった。

いったん動いてしまうと、いくらセーブしようとしても、あまりの快感で腰が止まらなくなってきた。

「ああ、気持ちいいわ、いきそうよ……」

賀夜子が口を離し、近々と顔を寄せたまま囁いた。熱い花粉臭の吐息に鼻腔が刺激されると、もう彼も堪えきれず激しく動きはじめた。

大量に溢れる愛液が陰嚢の脇を生温かく伝い流れ、彼の肛門の方にまで心地よく垂れてきた。

いつしか互いの動きがリズミカルに一致すると、ピチャクチャと淫らに湿った摩擦音が聞こえ、たちまち純児は限界に達してしまった。

毎晩何度もオナニーしていたのに昨夜だけ抜いていないので、その快感はあまりに大きかった。

「い、いく……、アアッ……！」

彼は大きな絶頂の快感に全身を貫かれて口走り、ドクンドクンとありったけの熱いザーメンを勢いよくほとばしらせてしまったのだった。

4

「あ、熱いわ、いく……、アアーッ……！」

奥に噴出を感じた賀夜子が声を上ずらせ、ガクガクと狂おしい痙攣《けいれん》を開始した。

どうやら直撃を受けたところで、辛うじてオルガスムスを一致させることが出来たようだった。

彼女の絶頂とともに、膣内の収縮と潤いも格段に増し、純児は駄目押しの快感を得ながら必死に股間を突き上げ続けた。

ナマの中出しで大丈夫だったのかと少し心配になったが、年上の彼女が応じているのだから構わないだろう。

とにかく純児は心ゆくまで快感を味わい、最後の一滴まで出し尽くしていった。

すっかり満足しながら徐々に動きを弱め、力を抜いていったが、あまりの感激でいつまでも荒い呼吸と動悸《どうき》がおさまらなかった。

「ああ、良かったわ、すごく……」

賀夜子も満足げに吐息混じりに言い、肌の強《こわ》ばりを解いてグッタリともたれかかってきた。

やがて互いの動きが完全に止まっても、まだ膣内は名残惜しげな収縮がいつまでも繰り返され、刺激されるたびにペニスが内部でヒクヒクと過敏に跳ね上がった。

「あう……」

賀夜子も敏感になっているように呻き、幹の震えを押さえるようにキュッときつく締め上げてきた。

そして純児は彼女の体重を受け止め、熱く湿り気ある花粉臭の吐息を間近に嗅ぎながら、うっとりと余韻に浸り込んだのだった。

「これで大人ね。いいわ、このまま横になっていて……」

呼吸を整えると賀夜子が言い、身を起こしていった。

枕元のティッシュを取り、股間にあてがいながら引き離し、手早く割れ目とペニスを拭いてベッドを下りた。

純児は、そのまま放心したように仰向けのままだ。

賀夜子は全裸のまま階段を上がり、操縦席に行って航路を確認し、またすぐに戻るとシャワールームに入った。やがて彼女が身体を拭きながら出てくると、すぐに身《み》繕《づくろ》いをした。

「ここにサンドイッチがあるからお昼済ませてね」

賀夜子は言い、自分の分だけ持って上へ上がっていった。

ようやく純児も起き上がり、壁の時計を見るともう正午を回っていた。

彼も賀夜子の残り香を感じながらシャワールームで身体を流し、放尿まで終えて身体を拭いた。

そして服を着ると、彼女が買っておいてくれたサンドイッチを食べた。カツサンドと野菜サンドで、ペットボトルのお茶もある。

窓から見ると、どこまでも陽光の煌めく海原が広がっているだけだ。

腹を満たすと、純児はまた横になった。

やはり何となく気恥ずかしくて、快楽を分かち合った賀夜子と、普通に世間話などする気になれなかったのである。

初体験の感激だけが頭と胸をいっぱいに満たし、やがて彼は少しウトウトしてしまった。

目を覚ますと、もう午後二時を回っていた。

純児は起きて、リュックに入れておいた歯ブラシを出して洗面所で歯磨きをし、またトイレを済ませた。

そして気を取り直して船上に上がり、操縦席の隣に座ると、

「あれが三宅島よ」

サングラスをかけた賀夜子が左前方を指して言う。

確かに、彼方《かなた》に島が霞《かす》んで見えていた。

彼女はさっきの行為など何事もなかったように振る舞っているが、純児はこの美女の隅々まで知ったのだと思うと、言いようのない嬉しさに、またムクムクと回復してきてしまった。

「あと二時間足らずで着くけど、回りが海ばかりで退屈だろうから、下で好きにしていていいわ」

「いえ……」

「どうしたの？」

賀夜子が、痛いほど突っ張っている股間を押さえた彼を見て言う。

「その、また変な気分に……」

純児も手を離し、テントを張った股間を見せた。

「まあ、あれだけじゃ足りないのね。でも私は、また入れたら動けなくなりそうだから、お口で良ければしてあげましょうか」

「ほ、本当……？」

彼女の言葉だけで、危うく彼は漏らしそうになってしまった。

「いいわ、じゃ下のリビングで」

「あの、いつものメガネをかけてください……」

彼が言うと、賀夜子もサングラスを外して置き、ダッシュボードにあったいつものメガネをかけてくれた。

そして一緒に下へ下りると、純児は下着ごとズボンを下ろしてソファにもたれかかった。

「すごいわ、もうこんなに……」

賀夜子が目を遣《や》って言い、隣に座って身を寄せてきた。

「ね、いきそうになるまで指でして……」

甘えるように言うと、賀夜子もすぐに、やんわりと強ばりを手のひらに包み込んでくれた。

純児は、ニギニギと動かされながら快感に息を弾ませた。彼女が着衣で、自分だけ股間を露出している状況が興奮をそそった。

しかも彼女は、普段どおりメガネをかけているから、何やらいつも会う大学でいけないことをしているような気分になった。

顔を迫らせると、賀夜子もピッタリと唇を重ねてくれた。

舌をからめ、美女の温かな唾液に濡れた舌を味わうと、その間も指の愛撫が続いていた。

彼は賀夜子の清らかな唾液をすすって喉を潤し、さらに彼女の口に鼻を押し込み、濃厚な花粉臭の吐息でうっとりと胸を満たした。

昼食を終えたせいか、さっきより匂いの刺激が濃くなり、花粉臭に混じった淡いオニオン臭が悩ましく鼻腔を搔き回してくる。

たまに指の動きが疎《おろそ》かになるとヒクヒクとせがむように幹が震え、再び愛撫が繰り返された。

「い、いきそう……」

「いいわ、力を抜いてリラックスして」

彼が言うと賀夜子が指を離し、正面に回ってカーペットに膝を突いた。

純児は大股開きになって浅く掛け、ほとんど仰向けに近い体勢になった。

賀夜子は両手で幹を押し包み、先端に口を寄せてきた。

見ると、すっかり見慣れたメガネ美女が、張り詰めた亀頭に口づけをした。

「あう……」

純児はピクンと反応して呻き、賀夜子もチラと目を上げて彼の反応を見ながら、粘液の滲む尿道口をチロチロと舐めてくれた。

このとびきりの美女が、童貞を失ったばかりのペニスを、こんなにも美味《おい》しそうにしゃぶってくれるのが夢のようで、彼は急激に絶頂を迫らせていった。

もう彼女も、さっきのように暴発を恐れもせず、念入りに舌を這わせてから、スッポリと喉の奥まで呑み込んだ。

そして幹を丸く締め付けると、上気した頬をすぼめて吸い、熱い鼻息で恥毛をくすぐった。

口の中では、クチュクチュと舌がからみつき、充分に唾液にまみれると、彼女は顔を上下させ、スポスポと強烈な摩擦を開始したのだ。

「ああ、気持ちいい……」

純児は快感に喘ぎ、自分からもズンズンと股間を突き上げて摩擦を強めた。

何やら身体ごと美女のかぐわしい口に含まれ、唾液にまみれて舌で転がされているような快感だった。

だが、美女の清潔な口に漏らして良いのだろうか。

そんな禁断の思いすら快感に拍車をかけ、あっという間に純児は激しく昇り詰めてしまった。

「い、いく……、アアッ……！」

彼は声を上げ、ありったけのザーメンをドクンドクンと勢いよくほとばしらせ、賀夜子の喉の奥を直撃した。

「ク……、ンン……」

噴出を受けた賀夜子が小さく鼻を鳴らし、それでも吸引と摩擦、舌の蠢きを続行してくれた。

女性の最も清潔な口に、思い切り射精する快感に彼は身悶えた。しかも賀夜子はチューッと強く吸い出してくれたので、何やら陰嚢から直に吸い取られ、魂《たましい》まで抜かれるような快感に包まれた。

賀夜子が貪欲に吸い付くので、美女の口を汚した感覚より、彼女の意思で吸い出される気持ちに切り替わった。

たちまち最後の一滴まで吸い出され、

「ああ……」

純児は声を洩らし、グッタリと力を抜いて身を投げ出した。

もう出なくなると、賀夜子も摩擦を止め、亀頭を含んだまま口に溜まったザーメンをゴクリと一息に飲み干してくれたのだった。

「あう……」

喉が鳴ると同時に口腔がキュッと締まり、彼は駄目押しの快感に呻いた。

ようやく賀夜子がスポンと口を離し、なおも余りを絞るように指で幹をしごき、尿道口に脹らむ白濁の雫《しずく》まで、丁寧にペロペロと舐め取ってくれた。

「く……、も、もういいです、有難《ありがと》うございました……」

純児は過敏に幹を震わせながら降参し、律儀に礼を言った。

やがて賀夜子も舌を引っ込めると、純児は荒い呼吸を繰り返し、また眠ってしまいそうな安らぎに包まれながら、うっとりと余韻に浸ったのだった。

5

「着いたわ。あれが桃尻、宮園島よ」

賀夜子が言い、純児も窓の外を見た。日が傾き、空には藍色の夕闇が広がりつつある。

あれから彼は下で休憩し、お茶を飲んで上がってきたところだ。

もう脱力感はなく、彼は島へ来たという期待と僅かな不安に包まれていた。

宮園島は山と森林ばかりだったが、クルーザーが南へ迂回《うかい》すると、白い建物が見えてきた。

ハート形の窪みの部分が港になっているようだ。

エンジンの音が弱まり、船が港に近づいていくと、桟橋《さんばし》が見えてきた。窪みの奥には波の打ち寄せる大きな洞窟があった。

ホテル風の建物は、横長の二階建てだ。

やがてクルーザーが桟橋に迫ると、音を聞きつけたか、建物から何人かの女性が出てきた。

一人の少女が桟橋をこちらに駆けてきて、二人の女性は建物の前に立って出迎えるようだった。

「あの子は佐和子さんの娘で桃子ちゃん、まだ十八だけどバツイチだわ」

「え……、そうなんですか……」

まだ遠目で顔立ちは分からないが、女子高生ぐらいに見えるのにバツイチとは驚いたものだ。

やがてエンジンを切ると、クルーザーは惰性で桟橋に着き、桃子が船に飛び移って舫いを手にした。

「こんにちは、桃子ちゃん」

「いらっしゃい、賀夜子さん」

賀夜子がデッキに出て言い、ショートカットの桃子も答えた。

純児もリュックを背負い、賀夜子と揺れる船から桟橋に飛び移った。愛くるしい美少女が、黒目がちの可憐な瞳でじっと彼を見つめていた。

「あ、大森純児です」

「よろしく。宮園桃子です」

彼が言うと、桃子も笑窪《えくぼ》を浮かべて笑顔で答えた。

やがて桃子が先導し、建物に近づいていった。

白い建物以外は森ばかりだが、遠くに崩れたコンクリートの見晴台のようなものが見える。もしかしたら戦時中の軍の施設が残っているのかもしれず、島全体が前人未踏というわけではないらしい。

建物の前に行くと、二人の女性が挨拶をしてきた。

「奥山浪代《おくやまなみよ》です」

「田岡光枝《たおかみつえ》です」

二人が言い、純児も答えた。

セミロングの浪代は三十代前半、あとで聞くと元ナースでぽっちゃりした美女。

ボブカットの光枝は二十代後半で、調理師らしい長身の美女だ。

「みんなバツイチよ」

桃子と浪代、光枝が中に入ると、続いて建物に入りながら、賀夜子が彼に囁いた。

「え……」

「だから桃尻島という呼び方の他に、私たちは出戻り島とも言っているの。ただオーナーの佐和子さんだけはバツイチじゃなくて未亡人」

賀夜子が言う。どうやら初対面は純児だけで、あとは皆一族で顔見知りらしい。

玄関ホールは広く、奥にはリビングとキッチン、左手にはバストイレがあり、二階には部屋が六つあるようだ。

と、階段から髪をアップにした一人の美熟女が、清楚なドレス姿で優雅に下りてきて言った。

「いらっしゃい。宮園佐和子です」

彼女が言う。桃子の母親で、歳は三十九ということだ。

賀夜子から、佐和子は元自衛官、二等空尉と聞いているが、退役して長いのか、今は精悍さより熟れた肉づきが色っぽかった。現役時代に結婚と出産をし、それでも航空自衛隊員としての半生を全うしたらしい。

一族は皆、元は三宅島の出身で家もあり、たまにこうして宮園島で集まりを催《もよお》しているようだ。

とにかくここには四人のバツイチと一人の未亡人、それぞれ魅惑的で美しい五人の女性に、男は純児一人だった。

「じゃ二階に荷物を置いて」

佐和子が言い、純児は階段を下りかけた彼女について二階へ上がった。

賀夜子は手ぶらなので、元々必要なものは全てこの建物にあるらしい。

二階へ上がると、そこにもトイレがあり、廊下を挟んで左右に三つずつ部屋があった。廊下のいちばん奥は窓で、ちょうど夕陽が見えていた。

「ここよ、純児さんのお部屋は」

佐和子が言い、一番手前のドアを開けた。入ると、奥にベッド、手前にテーブルがあった。

「前もって言いますが、携帯は通じないので」

「分かりました」

言われて純児は答え、リュックだけ置くとまた一緒に階段を下りた。

リビングのソファに座ると、キッチンでは浪代と光枝が夕食の仕度をしていた。

大きな冷蔵庫に広い厨房、食材も豊富に揃えてあるらしい。

飲料水は大量に買ってあるようだが、それでも話を聞くと川や雨水を溜めた小さな浄水場もあり、洗い物や風呂はそれを使っているらしい。

電気は自家発電で、ガスはプロパンなのだろう。とにかく携帯電話が使えないこと以外は、何不自由ない孤島の暮らしだった。しかも常住ではなく、こうした集まりの時だけだから快適に過ごせそうだった。

佐和子もにこやかに迎えてくれたし、他の女性たちも気さくそうだ。

唯一、純児より年下の桃子も可愛らしく、彼女がバツイチというのが信じられない思いである。

これがミステリー小説なら、外の世界と交流のない孤島で、連続殺人など起きるのかも知れないが、そんな心配もなく、純児は料理の匂いに腹を鳴らしてしまった。

「純児さん、お酒は？」

佐和子が料理を運びながら訊いてくる。

「付き合いで飲むぐらいなので、ほんの少しなら」

彼が答えると、皆は食堂のテーブルへ移り、調理している光枝以外は席に着いた。

どんどん料理が並べられ、賀夜子が缶ビールを出してきて、皆もグラスに注いだ。

もちろん結婚経験があるとはいえ、未成年の桃子だけは烏龍茶《ウーロン》だ。

まずはビールで乾杯し、光枝も立ったままグラスを合わせた。

「驚いたでしょう。みんなバツイチなんて」

賀夜子が言う。してみると、誰もが内緒にしているわけではなく、むしろ出戻り島での女子会を楽しみにしていたようだ。

「みんな原因は様々だわ。子供がいるのは浪代さんだけ。私の元夫は学者で、研究ばっかりだから、まともな生活が出来なかったの」

賀夜子が言うと、浪代が引き継いだ。

「元夫も私と同じく看護師だったの。それで、何しろ多くのナースに手を出すので愛想が尽きたわ。子供を連れて三宅島の実家に戻ったの」

浪代が一杯のビールで頬を染めて言うと、次はキッチンから戻ってきた光枝だ。

「ありきたりだけど、働かないDV男だったから縁を切ったのよ」

するとテ桃子も料理をつまみながら口を開いた。

「私は担任教師と、高校を出てすぐ結婚。でも、新婚旅行の帰りに成田離婚。すっごいヘンタイで、絶対他の女子生徒にも手を出しているなと思ったら、やっぱりあとでそうだったと分かったわ。戸籍を汚しただけ」

桃子も愛くるしい笑顔であっけらかんと言う。

どうやら誰も過去を引きずらず、すっきりした表情を浮かべていた。

すると最後に、佐和子も言った。

「私だけ未亡人。夫は上官だったけど、訓練中の事故で亡くなったの。まだ桃子が小さかった頃よ」

「そうですか。皆さん波瀾万丈なんですね。僕は見た通り地味な、パッとしない只《ただ》の大学生です」

女性たちとの食事など初めての純児は、緊張しながらそう言うと、皆は缶ビールを空にし、赤ワインのボトルを開けた。

料理はサラダにオードブルにステーキで、光枝は料理が得意なようだった。

それまで燃えていた西の空も、すっかり暗くなっていた。周囲を通る船もなく、光は月と星だけである。

やがてお喋りと料理を堪能すると、純児はすすめられるまま風呂に入った。

浴槽も洗い場も広く、三人ぐらいいっぺんに入れそうだ。

一番湯らしく、まだ誰の残り香も感じられない。純児は体を洗い、歯磨きも済ませると、Tシャツと短パン姿になってバスルームを出た。

皆も順々に風呂に入るようで、出たらまた飲むかも知れないが、彼はいったん自分の部屋に戻った。

すると、すぐに佐和子がノックして顔を見せ、

「来て、私のお部屋に」

と言ったのだった。

第二章　美熟女の熱き誘惑

1

「さあ、入って」

佐和子が言い、純児はいちばん奥にある部屋に招き入れられた。

純児の部屋はホテルのようにシンプルだったが、この部屋はセミダブルベッドに化粧台、ブランデーの置かれたカウンターまであった。

そして前からここで寝起きしていたように、ベッドは使ったあとがあり、室内には生ぬるく甘ったるい匂いが立ち籠めていた。

「じゃ脱いで」

佐和子は言うなり、自分からドレスを脱ぎはじめたのである。

「え……」

純児は戸惑いながらも、思わず股間を熱くさせてしまった。クルーザーで賀夜子を相手に、上と下に二回射精したが、もちろん時間も経っているし、相手が変われば淫気もリセットだ。

しかも四十歳を目前にした佐和子は、色白豊満で、何とも艶めかしい美熟女なのである。

見る見る白い熟れ肌が露わになっていくと、彼も急にワインのほろ酔いが甦《よみがえ》ったようにぼうっとなり、手早く全裸になっていった。

どうやら、彼が呼ばれた理由は、これだったのかも知れないと思った。

純児は先にベッドに横になると、枕には佐和子の悩ましい匂いが濃く沁み付き、その刺激が鼻腔から股間に伝わっていった。

佐和子も、ためらいなく最後の一枚を脱ぎ去り、張りのある巨乳を弾ませると優雅な仕草で添い寝してきた。

「ああ、いいわ、すごく可愛い。賀夜子さんからあなたの写メもらったとき、すぐにOKしたのよ」

佐和子が熱く甘い息で囁いた。

どうやら賀夜子は、佐和子の注文で彼を選び、許しを得たようだ。

「で、でも、僕は顔は平凡だしスポーツマンでもないし……」

「マッチョな男なんか山ほど見てきたから、むしろ華奢《きやしや》なぐらいの子を味わいたかったの。それに、ここだけは元気いっぱいだし」

佐和子は言いながら、指先で勃起したペニスをピンと弾いた。

「あう……」

純児が刺激に呻くと、佐和子は彼の顔に巨乳を押し付けてきた。

乳首を含みながら、彼は顔中を覆う膨らみに噎せ返った。

「むぐ……」

佐和子の肉体は、鍛え抜かれた自衛官の面影はなく、適度に豊満な熟れ肉に包まれていた。

「舐めて、うんと気持ち良くして……」

佐和子が囁き、純児も夢中になって乳首を吸い、舌で転がしながら顔中で柔らかな巨乳を味わった。

まだ入浴前の彼女の胸元や腋からは、何とも甘ったるい汗の匂いが漂ってきた。

充分に舐め回すと、彼女は自分から移動し、もう片方の乳首を押し付けてのしかかってきた。

「こっちもよ。片方舐めたら、必ずもう片方も可愛がるの」

興奮を抑えるように息を詰めて言い、彼女は完全に上から重なり、純児も懸命に乳首を吸い、舐め回しながら濃厚な体臭に酔いしれた。

そして左右の乳首を味わい尽くすと、佐和子もいったん胸を引き離した。

純児は自分から、彼女の腋の下に鼻を埋め込んでいった。

すると、そこには生ぬるく湿った色っぽい腋毛が煙っていたのである。

彼は興奮を高め、恥毛に似た感触に鼻を擦りつけ、濃厚に甘ったるい汗の匂いで胸を満たした。

「あう……、汗臭いの好きなの？」

「すごくいい匂い……」

嗅ぎながら言うと、佐和子もされるまま好きなだけ嗅がせてくれた。

「ああ、いい子ね。何でも好きなようにしていいわ」

佐和子も次第に息を熱く弾ませて言い、クネクネと熟れ肌を悶えさせた。

「ね、顔に跨がって……」

「いいわ……、恥ずかしいけど、そういうのもしてみたかったの……」

甘えるように言うと、佐和子も頷いて言い、すぐにも身を起こしてきた。

純児が仰向けになると、彼女もためらいなく顔に跨がり、和式トイレのように脚をM字にさせてしゃがみ込んでくれた。

ムッチリと張り詰めて量感を増した内腿がボリューム満点に迫り、しかも脛《すね》にもまばらな体毛があって野趣溢れる魅力が感じられた。

やはりゴージャスな有閑マダムというよりは、野性を秘めたアマゾネスのようなタイプなのかも知れない。

ふっくらした股間の丘には黒々と艶のある茂みが密集し、肉づきが良く丸みを帯びた割れ目からは、ヌラヌラと潤うピンクの花びらがはみ出していた。

そっと指を当てて陰唇を左右に広げると、かつて桃子が生まれ出た膣口が白っぽい粘液を滲ませて息づき、小指の先ほどのクリトリスも光沢を放ってツンと突き立っていた。

堪らずに、彼は豊かな腰を抱き寄せ、茂みに鼻を埋め込み、割れ目に唇を押し付けていった。

柔らかな恥毛の隅々には、熱気と湿り気とともに、悩ましく蒸れた汗と残尿臭が籠もって鼻腔を掻き回してきた。

（ああ、大人の女の匂い……）

純児は思い、賀夜子よりさらに濃厚なフェロモンに噎せ返り、胸を満たしながら割れ目に舌を挿《さ》し入れていった。

やはりヌメリは淡い酸味を含み、膣口の襞を舐め回すとすぐにも舌の蠢きがヌラヌラと滑らかになった。そして嗅ぎながら柔肉をたどり、ゆっくりクリトリスまで舐め上げていくと、

「アアッ……、そこ……」

佐和子が熱く喘ぎ、思わずキュッと彼の顔に座り込んできた。

純児は心地よい窒息感の中、舌先をチロチロと小刻みに動かし、執拗にクリトリスを愛撫した。

すると粗相《そそう》したかのように大量の愛液がトロトロと漏れ、それはすするというより飲み込めるほどの量となった。

彼は味と匂いを堪能してから、白く豊満な尻の真下に潜り込んでいった。

谷間の蕾は賀夜子と同じぐらい可憐な形で、綺麗に揃った細かな襞が微かに収縮していた。

鼻を埋め込むと、顔中に豊かな双丘が密着して心地よく弾んだ。

蕾には蒸れた匂いが悩ましく籠もり、彼は充分に貪ってから舌を這わせて襞を濡らし、ヌルッと潜り込ませて滑らかな粘膜を味わった。

「あう、変な気持ち……」

佐和子が呻き、肛門でキュッと舌先を締め付けた。あるいは、ここを舐められるのは初めてなのかも知れない。幹部自衛官だった亡夫は、恐らく淡泊なタイプだったのではないか。

純児は舌を蠢かせ、微妙に甘苦い粘膜を味わうと、割れ目からトロトロと滴《したた》る愛液が顔を生温かく濡らしてきた。

彼は充分に美熟女の肛門を味わってから、再び割れ目に戻ってヌメリを舐め取り、クリトリスに吸い付いた。

「アア……、そこはもういいわ、入れて……」

佐和子が腰をくねらせて言った。

純児が股間から顔を上げると、彼女は仰向けのまま股を開き、挿入をせがむように熟れ肌を息づかせていた。

しかし入れるとすぐ終わりそうなので、彼はまだ味わっていない足裏を舐め、太く逞《たくま》しい指の間に鼻を押し付けて嗅いだ。

さすがに訓練に明け暮れていた足指は頑丈そうで、今は肉づきに覆われている脚も限りないバネを秘めているように思えた。

指の股は汗と脂にジットリ湿り、蒸れた匂いが濃厚に沁み付いていた。

彼は美熟女の足の匂いを貪り、爪先にしゃぶり付いて順々に舌を割り込ませて味わった。

「あう、くすぐったくて、いい気持ち……」

佐和子が身をくねらせて呻き、彼は両足とも味と匂いを貪り尽くした。

「ね、こっちを跨いで。入れる前にしゃぶりたいわ」

さらに彼女が言うので、純児も身を起こして前進し、彼女の胸に跨がった。

腰を下ろすと肌の温もりと弾力が股間に伝わり、佐和子はペニスを胸の谷間に引き寄せ、両側から巨乳で挟み付けてくれた。

そして顔を上げて舌を伸ばし、谷間から覗く先端にチロチロと舌を這わせはじめたのだ。

「ああ……」

純児は、パイズリと舌の愛撫に喘ぎ、ヒクヒクと幹を震わせた。

佐和子は充分に巨乳の谷間で幹を揉むと、彼の腰を引き寄せた。

純児が前進すると、佐和子は真下から顔を寄せ、尻の谷間を舐めてくれ、ヌルッと舌を潜り込ませてきたのだ。

「く……」

彼は快感に呻き、モグモグと美熟女の舌を肛門で味わった。

佐和子が中で舌を蠢かせると、熱い鼻息が陰嚢をくすぐった。美女の顔に跨がるのは、何とも言えない興奮が湧いた。

そして彼女は陰嚢もしゃぶり、やがて幹の裏側を舐め上げると、スッポリとペニスを喉の奥まで呑み込んできたのだった。

2

「アア……、気持ちいい……」

純児は喘ぎ、佐和子の口の中でペニスを波打たせた。彼女も根元まで頬張り、幹を締め付けて吸い、クチュクチュと満遍《まんべん》なく舌をからみつけてきた。

そしてお行儀悪くチュパチュパと音を立てておしゃぶりをし、充分にペニスが唾液にまみれると、彼が暴発する前に口を離した。

「さあ、もういいでしょう。入れて」

彼女が仰向けのまま言い、純児も熟れ肌の上を移動して股間に戻った。

股間を進めてゆき、初めての正常位に戸惑いながらも先端を濡れた割れ目に擦り付けると、

「もう少し下……、そう、そこよ、来て……」

佐和子が僅かに腰を浮かせ、誘導してくれながら言った。

彼が股間を押しつけると、張り詰めた亀頭がヌルリと潜り込み、あとは潤いに助けられヌルヌルッと根元まで吸い込まれていった。

「アア……、いいわ……！」

佐和子が顔を仰け反らせて喘ぎ、彼も肉襞の摩擦と温もり、潤いと締め付けに包まれながら股間を密着させた。子を産んでいても、賀夜子に匹敵するほどの締め付けである。

それでも昼間二回射精しているので、少々動いても暴発の心配はなさそうだ。

彼は温もりと感触を味わいながら、ズンズンと腰を突き動かしてみた。

「あう、もっと強く奥まで……！」

佐和子が収縮を強めながら呻き、両手で彼を引き寄せた。

純児も脚を伸ばし、抜けないよう股間を押しつけながら身を重ねていった。

彼女が両手を回して抱き留めると、胸の下で巨乳が押し潰れて心地よく弾んだ。

再び律動を開始すると、佐和子も下からズンズンと股間を突き上げ、あまりに締め付けが強いので、油断するとヌルッと押し出されそうになり、股間をグッと押しつけていないといけなかった。

そして賀夜子の時は夢中で気づかなかったが、膣内が上下に締まることを知った。陰唇は左右に開くが、膣内は上下に締まるのである。確かに、ペニスを上下させる筋肉と似たようなものなのだろう。

すると佐和子が彼の頬を両手で挟んで引き寄せ、唇を重ねてきた。

ぽってりとした肉厚の唇が密着し、熱い鼻息が彼の鼻腔を心地よく湿らせた。

舌が潜り込むと、彼もチロチロとからみつけ、生温かな唾液に濡れて滑らかに蠢く舌を味わった。

「ンンッ……」

佐和子が熱く呻き、突き上げが激しくなった。

大洪水になった愛液が律動を滑らかにさせ、クチュクチュと湿った摩擦音が聞こえてきた。

「ああ、すごく気持ちいいわ、奥まで届く……」

口を離し、唾液の糸を引きながら彼女が喘いだ。

湿り気ある吐息はワインの香気を含み、白粉《おしろい》のような甘い刺激が悩ましく鼻腔を掻き回してきた。

純児も動くうち、ジワジワと絶頂が迫ってきた。

しかし彼女が突き上げを停め、何とも意外なことを言ってきたのである。

「ね、お尻の穴に入れてみて。一度してみたいの……」

「え……、大丈夫なのかな……」

言われて彼も興味を覚え、動きを停めながら身を起こした。

すると佐和子が自ら両脚を浮かせて抱え、彼の方に豊満な尻を突き出してきた。

見るとピンクの肛門は、割れ目から大量に溢れて伝い流れる愛液でヌメヌメと妖しく潤っていた。

「じゃ、無理だったら言って下さいね」

純児は言い、愛液に濡れた先端を蕾に押し当てた。

佐和子も初めての感覚への期待に巨乳を弾ませ、口で呼吸をしながら懸命に括約筋《かつやくきん》を緩めているようだった。

機を見計らいながらグイッと押し付けると、タイミングが良かったのか張り詰めた亀頭がズブリと潜り込んだ。

「あう、いいわ、奥まで来て……」

佐和子が眉をひそめ、呻きながら言った。

見ると蕾が丸く押し広がり、襞を伸ばして光沢を放ちながら亀頭をくわえ込んでいる。しかし最も太いカリ首までが一気に入ったので、押し込んでいくとズブズブと根元まで挿入することが出来た。

股間を押しつけると、尻の丸みが密着して心地よく弾んだ。

やはり膣口とは全く違う感触である。さすがに入り口はきついが、中は案外楽で、ベタつきもなく滑らかだった。

「突いて、強く何度も……」

佐和子が脂汗を滲ませながらせがみ、自ら巨乳を揉みしだいて乳首をつまみ、もう片方の手を空いた割れ目に這い回らせた。

愛液の付いた指の腹で小刻みにクリトリスを擦る様子を見て、このようにオナニーするのかと彼は興奮した。

純児は、徐々に様子を見ながら腰を突き動かした。

引く時は引っ張られるような感覚があり、強く押し込むと、どこまでも深く吸い込まれそうな気がした。

彼は美熟女の肉体に残った、最後の処女の部分を味わいながら、次第にリズミカルな動きを開始していた。

「ああ、いい気持ちよ……、中に出して……」

佐和子も乳首とクリトリスの愛撫を続けながら喘ぎ、すっかり違和感も消え去り、締め付けの緩急にも慣れてきたようだった。

きつい摩擦の中で快感を高め、美熟女のオナニーを見ているうち、純児も激しく絶頂を迫らせていった。

どうせ彼女の快感の大部分はクリトリスへの刺激によるものだろうし、アナルセックスでのオルガスムスを待つこともないだろう。

だから純児は、いつしか股間をぶつけるように突き動かし、心地よい摩擦快感と艶めかしい眺めの中で激しく昇り詰めてしまった。

「い、いく……！」

彼が呻き、熱いザーメンをドクンドクンと勢いよくほとばしらせると、

「あう、感じるわ、いく……、アアーッ……！」

噴出を受け止めた佐和子も声を上げ、ガクガクと狂おしいオルガスムスの痙攣を開始した。もっともクリトリス感覚での絶頂かも知れないが、膣と連動するように肛門も収縮した。

「ああ、気持ちいい……」

純児は、アヌス処女の快感を嚙み締めながら喘いだ。中に満ちるザーメンで、さらに動きがヌラヌラと滑らかになった。

やがて心置きなく最後の一滴まで出し尽くすと、純児は満足げに動きを弱めていった。すると佐和子も乳首と股間から手を離し、グッタリと身を投げ出して荒い呼吸を繰り返した。

まだ肛門の収縮が続き、ヌメリと締め付けで自然にペニスが押し出されてきた。

どうやら彼女は、膣も肛門も名器らしい。

やがて排泄されるように、ツルッとペニスが抜け落ちると、丸く開いた肛門が一瞬粘膜を覗かせ、見る見るつぼまって元の形に戻っていった。

ペニスに汚れはなく、彼も初めての体験にいつまでも荒い呼吸が続いた。

すると廊下から足音と、

「じゃまた明日ね、お休み」

と女性たちの声が聞こえ、間もなくそれぞれのドアが閉まると静かになった。

どうやら彼女たちは四人で一緒に入浴し、お喋りしながら上がってきたようだ。

「みんなお風呂から上がったようね。じゃ下りて流しましょう」

佐和子が身を起こして言い、全裸の上からバスローブを羽織った。

純児もベッドを下り、念のためシャツとトランクスだけ手にした。

「まだ誰か下にいるかな……」

「いたって構わないわ」

心配そうに言ったが佐和子は答え、部屋を出た。彼も従い、いちばん奥から廊下を進んで一緒に階段を下りた。

すると階下はシンとして誰もおらず、二人は難なくバスルームに入った。

バスルーム内は、四人分の女性たちの残り香が甘ったるく立ち籠め、その匂いの刺激ですぐにも彼は回復しそうになった。

しかし佐和子が彼の股間にシャワーの湯を浴びせ、ボディソープで甲斐甲斐しく洗ってくれたのだ。

やはり、ナマのアナルセックスの直後はすぐに洗い流した方が良いのだろう。

やがて再びシャワーの湯でペニスのシャボンを落とすと、

「オシッコしなさい。中からも洗い流さないと」

彼女が言うので、純児も懸命に尿意を高め、何とかチョロチョロと放尿した。

出し終えると佐和子がもう一度湯を浴びせ、屈み込むと消毒するようにチロリと尿道口を舐めてくれた。

その刺激で、彼はたちまちムクムクと元の硬さと大きさを取り戻してしまった。

3

「ね、佐和子さんもオシッコしてみて……」

純児は回復しながら、胸を高鳴らせて恥ずかしい要求をしてしまった。

「まあ、出すところ見たいの？」

佐和子は答え、チラと彼の勃起を見ると、その気になってくれたようだ。

彼女もまた、アナルセックスだけでは、まだ本当の快楽を得ていないのだろう。

「どうすればいいかしら？」

「ここに立って」

言われて、彼は期待に胸を震わせながらバスマットに腰を下ろし、佐和子を目の前に立たせた。そして片方の足を浮かせてバスタブのふちに置き、開いた股間に顔を埋め込んだ。

まだ彼女は流していないので、濃厚な匂いも大量の愛液もそのままである。

舐めると、すぐにも新たなヌメリが漏れてきた。

「アア、いいの？　このまま出しても……」

佐和子が言い、返事の代わりに腰を抱え、なおも味と匂いを貪っていると、彼女も下腹に力を入れて尿意を高めはじめてくれた。

「あう、出るわ、本当にいいのね……」

佐和子が言うなり、舐めている柔肉が迫《せ》り出すように盛り上がり、温もりと味わいが変化した。間もなく、チョロチョロと熱い流れがほとばしり、彼の口に注がれてきたのだった。

「アア……、変な気持ち……」

佐和子が声を震わせて言い、次第に勢いを増して放尿した。

舌に受けても味と匂いは淡く、実に清らかなので、少しだけ喉に流し込んでしまった。何より、美女から出たものを受け入れる興奮と悦《よろこ》びが純児の全身を満たしていたのだ。

口から溢れた分が肌を温かく伝い流れ、ピンピンに回復しているペニスが心地よく浸された。

「ああ……、まだ出ているわ。溺れないでね……」

佐和子が息を弾ませて言い、ゆるゆると放尿しながら、フラつく体を支えるように両手で彼の頭を押さえ付けていた。

それでもピークを過ぎると急に勢いが衰え、間もなく流れがおさまった。

純児は残り香の中で余りの雫をすすり、濡れた割れ目内部を舐め回した。すると新たな愛液が溢れて残尿を洗い流し、淡い酸味のヌメリが満ちていった。

「も、もう終わりよ……」

佐和子が言い、足を下ろして椅子に座り込んだ。

そしてバスマットに座っている彼のペニスに足を伸ばし、そっと爪先でクリクリと動かしてきたのだ。

「ああ、気持ちいい……」

「まだ出来そうね。良かった。じゃ仰向けになりなさい」

純児が快感に喘ぐと佐和子が言い、そのまま彼は大きなバスマットに仰向けになっていった。

すると彼女も屈み込み、張り詰めた亀頭をしゃぶって唾液に濡らすと、すぐにも身を起こして彼の股間に跨がってきたのだ。

先端に割れ目を押し当て、ゆっくり腰を沈み込ませると、たちまち彼自身はヌルヌルッと滑らかに根元まで呑み込まれていった。

「アアッ……、やっぱり前に入れる方がいいわ……」

佐和子が言い、ピッタリと股間を密着させて座り込んで身を重ねてきた。

純児も下から両手を回して抱き留め、両膝を立てて豊満な尻を支えた。

彼女は遠慮なく体重を預けてのしかかり、擦り付けるように腰を動かしはじめた。

純児もズンズンと股間を突き上げ、膣内の摩擦快感に陶然となり、彼女の吐き出すかぐわしい吐息に酔いしれながら高まった。

「ああ、すぐいきそうよ……」

佐和子が、収縮と潤いを増して喘いだ。

やはり膣感覚のオルガスムスが最高で、今までのことは前戯のようなものだったのだろう。

純児は下から唇を重ね、舌をからめながら突き上げを強めた。

「唾《つば》を垂らして……」

囁くと、佐和子もたっぷりと分泌させ、生温かく小泡の多い唾液をトロトロと口移しに注いでくれた。

彼は味わい、うっとりと喉を潤して酔いしれた。

さらに佐和子の口に鼻を押し込み、濃厚な白粉臭の吐息で胸を満たした。

「舐めて……」

快感に任せて言うと、佐和子も厭《いと》わず舌を左右に蠢かせ、ヌラヌラと鼻の穴を舐め回してくれた。

「ああ、いく……」

純児は唾液のヌメリと息の匂いに高まって口走った。

「いいわ、いって、中にいっぱい出して……」

佐和子も熱く喘ぎながら言うと、たちまち彼は昇り詰めてしまい、溶けてしまいそうに大きな快感の中、ドクンドクンとありったけの熱いザーメンをほとばしらせてしまった。

「ああ、すごいわ、いく……、アアーッ……！」

噴出を感じた佐和子も声を上ずらせ、ガクガクと狂おしいオルガスムスの痙攣を開始したのだった。

純児はズンズンと激しく股間を突き上げ、摩擦快感と締め付けの中で心置きなく最後の一滴まで出し尽くしていった。やがて満足しながら突き上げを停め、身を投げ出していくと、

「ああ……」

佐和子も満足げに声を洩らしながら、熟れ肌の硬直を解いてグッタリともたれかかってきた。まだ膣内がキュッキュッと収縮を繰り返し、刺激された幹がヒクヒクと内部で過敏に震えた。

「あうう、もう暴れないで……」

佐和子も敏感になっているように呻き、締め上げを強めてきた。

純児は美熟女の重みと温もりを受け止め、熱く濃厚な吐息を胸いっぱいに嗅ぎながら、うっとりと快感の余韻を噛み締めた。

やがて互いに重なり合ったまま呼吸を整えると、ようやく佐和子がノロノロと身を起こした。

「じゃ、私はゆっくりお湯に浸かるので、先にお部屋へ戻りなさい」

「はい、おやすみなさい」

純児は答え、もう一度シャワーを浴びると、彼女を残してバスルームを出た。

そして身体を拭いてシャツとトランクスを着けると、そっと脱衣所を出た。

やはり階下には誰もおらず、遅くまで飲んだりお喋りすることなく、それぞれの部屋で寝たようだった。

純児も二階の部屋に戻り、今夜は蒸し暑くなりそうなので全裸でベッドに入った。

（一日のうち二人としたんだ……）

彼は暗い部屋で思い、充実した四回の射精を振り返った。

それでも、まだまだ出来そうなのは、料理に精力剤でも入っていたのだろうか。

それでなくても、多くの美女たちがいるのだから、何回でも無限に出来そうな気がした。

そして彼は、賀夜子や佐和子の感触や匂いを思い出しながら、いつしか深い睡りに落ちていったのだった……。

4

「まあ、こんなに元気よく勃って……」

ふと、誰かの声がして、同時に快感を覚えた純児は目を覚ました。

まだ窓の外は暗いが、夜明けが近いらしく空が白みかけている。

見ると、部屋にいるのはパジャマ姿の光枝ではないか。彼女は朝食の仕度があるので、誰よりも早起きなのだろう。

ボブカットの光枝は、薄灯りを点けて彼のペニスをいじっていたのである。

どうやら彼は全裸で寝ているうち、布団がはだけて朝立ちの股間が丸見えになっていたようだ。

光枝も、階下へ行く前にそっと彼の部屋を覗きに来たのだろう。

「あ……」

「起こしちゃった？　覗いたら、あんまり元気になっていたものだから」

彼が身じろぐと、光枝が笑みを浮かべて答えた。

もちろん純児は一晩ぐっすり眠ったし、昨日の昼間もクルーザーで少し寝たので睡眠は充分だった。

だから彼は、たちまち目の前の光枝に激しい淫気を抱いてしまった。

「み、光枝さんも脱いで……」

「まあ、目覚めもいいのね。いいわ、まだ時間はあるので」

彼女は答え、手早くパジャマ上下と下着を脱ぎ去ってくれた。

やはり入浴から一晩経っているので、甘ったるい匂いが漂った。

光枝は完全に布団を剝《は》いで添い寝し、純児にのしかかりながら上からピッタリと唇を重ねてきた。

はっきり目を覚ました純児は舌を挿し入れ、光枝の熱い息で鼻腔を湿らせると、彼女もチロチロと舌をからみつけてくれた。

「唾を出して、いっぱい……」

口を触れ合わせたまま囁くと、光枝もたっぷりと生温かく小泡の多い唾液をトロトロと注ぎ込んでくれた。

彼は味わい、うっとりと喉を潤した。寝起きで乾いた口の中が心地よく濡れ、彼はなおも舌を舐め回しながら光枝の乳房にタッチした。

長身でスレンダーだが、光枝の膨らみもなかなか豊かで、乳首もコリコリと硬く突き立っていた。

「ああ、いい気持ちよ……」

光枝が口を離して喘いだ。しかし熱い吐息を嗅いでもほとんど無臭で、うっすらとハッカ臭が感じられるだけだった。濃厚な刺激臭を好む彼としては物足りないが、贅沢は言っていられない。

「最初に言っておくけど、今は挿入はナシにして。感じすぎて動けなくなるから、いく時はお口でしてあげるわ」

光枝が言い、仰向けになって身を投げ出してきた。

確かに、朝っぱらから快楽を堪能すると仕事にならないのだろう。

もちろん挿入がなくても、してみたいことは山ほどある。

純児は上になって左右の乳首を含み、舌で転がしながら顔中で張りのある膨らみを味わった。

「ああ……、もっと吸って……」

光枝も受け身体勢になって喘ぎ、彼の顔を胸に掻き抱いてきた。

純児は両の乳首を味わってから、腋の下にも潜り込んで嗅いだ。生ぬるく湿った腋には汗の匂いが甘く籠もっていたが、それほど濃くはない。元々匂いが薄い方なのかも知れない。

彼はスベスベの腋の下から顔を移動させ、臍から脚へと舐め下りてゆき、爪先に鼻を割り込ませて嗅いだ。

そこも蒸れた匂いが淡く感じられただけで物足りなかったが、彼はしゃぶり付いて指の股の湿り気を貪った。

「あう、くすぐったいわ……」

光枝がクネクネと腰をよじって呻き、彼は両足とも控えめな味と匂いを堪能した。

そして大股開きにさせ、スベスベの脚の内側を舐め上げ、ムッチリと張りのある内腿を通過して股間に迫った。

見ると恥毛は手入れしているのか淡く煙り、割れ目からはみ出す花びらはネットリと清らかな蜜に潤っていた。

指で広げると息づく膣口が熱く濡れ、彼はここに挿入したいと思ったが、今回は我慢だ。もちろんいずれ挿入の機会もあることだろう。

クリトリスは小豆《あずき》大で光沢を放ち、股間全体にも熱気と湿り気が籠もっていた。

純児は顔を埋め込み、茂みに鼻を擦りつけると、ようやく蒸れた汗とオシッコの匂いが感じられ、その刺激にムクムクと勃起が強まった。

嗅ぎながら舌を這わせ、膣口のヌメリを味わいながらクリトリスまで舐め上げていくと、

「アアッ……、いい気持ち……」

光枝が身を弓なりに反らせて喘ぎ、内腿でキュッときつく彼の顔を挟み付けた。

純児も執拗にクリトリスを舐め回し、匂いに酔いしれた。

さらに彼女の両脚を浮かせ、尻の谷間に迫ると、可憐な薄桃色の蕾がひっそり閉じられていた。

吸い寄せられるように鼻を埋めたが、蒸れた匂いが微かに感じられるだけだ。

それでも顔中に密着する双丘の弾力を味わって嗅ぎ、舌を這わせてヌルッと潜り込ませた。

「あう……！」

光枝が呻き、モグモグと味わうように肛門で舌先を締め付けてきた。

彼は滑らかな粘膜を味わい、舌を出し入れさせるように動かすと、鼻先にある割れ目からはトロトロと大量の愛液が溢れてきた。

純児はようやく脚を下ろしてやり、舌を再び割れ目に戻してヌメリをすすり、クリトリスにチュッと吸い付いた。

「も、もういいわ、入れたくなっちゃうから……」

すっかり高まった光枝が身をくねらせて言い、半身を起こしてきた。

彼も股間を這い出し、仰向けになった。

すると光枝が彼の股間に腹這い、幹に指を添えると、粘液の滲む尿道口をチロチロと舐め回しはじめた。

「ああ……」

純児は快感に喘ぎ、股間に熱い息を受けながらヒクヒクと幹を震わせた。

そして彼女は口を開き、スッポリと喉の奥まで呑み込んでくると、彼は快感とは別の違和感を覚えた。

（え……？）

光枝が口で幹を締め付けてチュッと吸い、口の中ではチロチロと舌がからみついているのに、さらに生温かく滑らかなものが亀頭に触れているのである。

見ると、おしゃぶりしている光枝の手の中に何かがあった。

「そ、それ見せて……」

言うと、彼女もすぐに手にしたものを純児に渡してきた。

見ると、それは何と上下の歯並びが綺麗に揃った総入れ歯ではないか。

では、彼女は唇と舌ばかりでなく、上下の歯茎も使ってペニスを愛撫してくれていたのだ。

「前歯が折れたし、奥歯もあまり良くなかったので総入れ歯にしたのよ。お金を貯めて、間もなくインプラントにするわ」

光枝が口を離して言うと、光沢ある歯茎が艶めかしく見えた。

どうも元夫がＤＶ男とか言っていたので、それで損傷したのかも知れない。

彼女の吐息が無臭に近かったのも、全て外して洗浄できるからなのだろう。

光枝が再び歯のない口でおしゃぶりを再開すると、彼もうっとりと快感を受け止めながら、唾液に濡れた総入れ歯を嗅いだ。

ほんのりと唾液の匂いとハッカ臭が感じられ、隙間にも食べ物の残滓《ざんし》はなく清潔なものだった。

純児が感動しながらそれを舐め回していると、光枝も顔を上下させ、スポスポとリズミカルな摩擦を開始してくれた。

唇と歯茎、舌の感触が何とも心地よく、彼は急激に絶頂を迫らせ、下からもズンズンと股間を突き上げた。

光枝もたっぷりと唾液を分泌させ、クチュクチュと湿った摩擦音を立ててペニスを貪った。溢れた唾液が陰嚢の脇を生温かく伝い流れ、彼の肛門まで心地よく濡らしてきた。

「ああ、いく、気持ちいい……！」

たちまち純児は昇り詰め、大きな絶頂の快感に全身を貫かれて喘いだ。

同時に、朝一番の濃厚なザーメンがドクンドクンと勢いよくほとばしり、

「ンン……」

喉の奥を直撃された光枝が呻き、さらに摩擦と吸引を強めてくれた。

純児は身を震わせながら心ゆくまで快感を味わい、最後の一滴まで出し尽くしていった。

満足しながらグッタリと身を投げ出すと、光枝も動きを停め、亀頭を含んだまま口に溜まった大量のザーメンをゴクリと飲み干してくれた。


「あう……」

締まる口腔の刺激に呻くと、光枝は唇と歯茎で幹をしごきながらスポンと口を引き離した。そしてなおも、幹を指で握り、尿道口に脹らむ余りの雫まで丁寧に舐め取ってくれたのだった。


「あうう、も、もういいです……」

純児は腰をよじって呻き、ヒクヒクと過敏に幹を震わせて降参したのだった。

ようやく光枝も舌を引っ込め、彼の手から総入れ歯を取り戻すと、口に入れて軽やかに装着した。


「じゃ、私は下にいくので、今度ゆっくりエッチしてね」

綺麗な歯並びで言い、彼女は手早く身繕いすると部屋を出て行った。

純児は身を投げ出したまま、貴重な体験の余韻に浸り、呼吸を整えた。

いつしか日が昇り、外はすっかり明るくなっている。

しばらくすると、他の女性たちも起き出し、順々に階下へ降りていく音が聞こえてきた。

純児も起きることにし、服を着るとトイレを済ませてから下へ行った。

光枝はパジャマ姿から服に着替え、朝食の仕度を調《ととの》えている。

純児も席に着くと、光枝が順々に皿を運び、佐和子と賀夜子、浪代も揃った。

「桃子ちゃんは？」

「あの子は夜中までゲームしているから、一人だけ朝は遅いのよ」

彼が訊くと佐和子が答え、やがて光枝も席に着いて五人で朝食を囲んだ。

単なるトーストとハムエッグ、生野菜サラダに牛乳なのに、どれもやけに旨《うま》いのは光枝の調理の腕ばかりでなく、やはり良い食材が厳選されているのだろう。

食事を済ませると、純児は今日も何か良いことがあると思い、朝シャワーと歯磨きをした。

すると女性たちは、みな朝の散歩に出るようだ。

島に集まって、みなで何かするというわけではなく、誰もが思い思いに気ままな行動をするようで、人には干渉しないらしい。

では、自分はなぜ呼ばれたのか、それはやはりセックスの相手のためではないかと純児は思いはじめていた。それならば、まだ触れていない桃子や浪代と今日にも懇《ねんご》ろになれるのではと思った。そして、他の女性たちもそれを承知しているのではないか。

そう思うと彼の股間は、すぐにも熱くなってきたのだった。

5

「そろそろ桃子を起こしてきてくれるかしら」

佐和子が純児に言い、彼女は外の散策に出掛けていった。

彼は二階に行き、いちばん奥、佐和子の部屋の向かいにある桃子の部屋のドアをそっとノックした。

しかし返事がないので、そっと開けると、室内に籠もった思春期の体臭が彼の鼻腔をくすぐってきた。

「桃子ちゃん……」

声を潜めて呼びかけたのは、急に起こしては可哀想《かわいそう》というのと、寝顔が見たかったからだ。中に入ると、さらに濃い匂いが感じられ、ぐっすり眠っている桃子の寝姿が見えた。

しかも布団がはだけ、何と純児のように彼女も全裸で眠っていたのである。

いつもの習慣なのか、それとも昨晩は蒸し暑かったので、寝汗を掻いて着替えるのを面倒がり、何も着けずに寝たのかも知れない。

白い乳房が形良く息づき、佐和子のような巨乳になる兆《きざ》しを見せていた。

股間の若草は淡く、ほんのひとつまみほど恥ずかしげに煙っているだけだ。

この清らかな、妖精のような美少女がバツイチとは信じられない。

今春に高校を卒業し、すぐ担任教師と結婚、そして成田離婚だから、人妻の期間は短く、それにバツイチになってまだ二ヶ月ほどだろう。

しかし在学中から担任と付き合っていたのなら、すっかり彼女の肉体は開発されているのかも知れない。

それにしても、この島の全員が同じ一族というから、あるいはバツイチになると本能的に集《つど》い、女子会を開くよう遺伝子にインプットされているのではないかと、ふと純児はそんなことを思った。

室内にはベッドと机があり、ノートパソコンが置かれている。

南向きの窓からはレースのカーテン越しに、桟橋が見えていた。女性たちが桟橋を渡り、賀夜子の小型クルーザーではなく、並んで停泊している大型クルーザーに乗り込んでいった。

どうやらクルージングを楽しみ、三宅島へ買い出しにいくのかも知れない。

それなら、当分誰も帰ってこないだろう。

やがて純児は激しく股間を突っ張らせながら、眠っている桃子の足元に屈み込んでいった。

足裏に口を押し付け、愛らしく揃った指の間に鼻を割り込ませて嗅ぐと、そこは生ぬるい汗と脂に湿り、蒸れた匂いが悩ましく沁み付いていた。

彼はムレムレの匂いを堪能してから、堪らず爪先にしゃぶり付き、順々に指の股に舌を挿し入れて味わってしまった。

「く……、んん……」

桃子が小さく呻き、ピクリと反応した。

それでも、まだ目を覚ます様子はない。

純児は両足とも味と匂いを貪り、やがて桃子がむずがるように腰をよじり、脚を開いたので、彼はさらに大股開きにさせた。

そしてムチムチと健康的な張りを持つ内腿を舐め上げ、彼は自分よりも唯一年下の股間に迫った。

ぷっくりした丘に若草が煙り、割れ目からはピンク色の花びらがはみ出していた。

そっと指で広げると、花弁状に襞の入り組む膣口が息づき、ほんのり潤っているのは、寝しなにオナニーでもしたのだろうか。

小さな尿道口と、包皮の下から顔を覗かせる小粒のクリトリスを確認すると、もう我慢できず彼は顔を埋め込んでしまった。

柔らかな若草に鼻を擦りつけて嗅ぐと、生ぬるく蒸れた汗とオシッコの匂いに、恥《ち》垢《こう》の成分だろうか、ほのかなチーズ臭も混じって鼻腔が掻き回された。

(なんていい匂い……)

純児は胸を満たして思い、痛いほど股間を突っ張らせた。

そして匂いを貪りながら舌を這わせ、膣口の襞をクチュクチュ掻き回してから、ゆっくりクリトリスまで舐め上げていった。

「あ……、ああ……」

眠りながらも感じるのか、桃子がか細い喘ぎ声を洩らしはじめた。

もちろん目を覚ましても、泣いたり怒ったりはしないだろう。これまで順々に島にいる女性たちと交渉を持ってきたのだから、きっと桃子もそのつもりに違いない。

舐めているうち彼女の白い下腹がヒクヒクと波打ち、淡い酸味の潤いがヌラヌラと増してきた。

それでも彼女は目を開けることなく、刺激を避けるようにゴロリと寝返りを打ってきたのだ。

純児もいったん顔を離し、横向きになった彼女の尻に迫った。

桃子は手足を縮めているので、尻が突き出された格好になっていた。

美少女の尻は大きな水蜜桃《すいみつとう》のようで、指でムッチリと広げると可憐なピンクの蕾が見えた。

鼻を埋めると、やはり蒸れた汗の匂いが籠もり、顔中に密着する双丘の弾力が心地よかった。

どうしても島にあるトイレは全てシャワー付きなので、生々しい匂いが感じられないのが物足りないが、それでも彼は興奮を高めて匂いを貪った。

そして舌を這わせ、ヌルッと潜り込ませて粘膜を探ったが、僅かにキュッと肛門が舌を締め付けただけで、クリトリスほどの刺激は感じられないようだった。

やがて内部で舌を蠢かせてから離れ、純児は尻を離れて彼女の胸に這い上がっていった。

初々《ういうい》しい薄桃色の乳首にチュッと吸い付き、舌で転がしていると、

「あぁッ……」

桃子が熱く喘ぎ、無意識に彼の顔をきつく抱きすくめてきた。

純児は、ちょうど美少女に腕枕される形になり、甘ったるい体臭に噎せ返りながら乳首を舐め回した。

「あっ……、じゅ、純児さん……」

とうとう桃子が目を覚まし、ビクリと身じろいで言った。

「起こしちゃった？　ごめんね、あんまり可愛かったから」

彼は乳首から口を離し、言い訳のように言ったが、思った通り桃子は咎めることはしなかった。

「何か、すごく気持ちいい夢を見ていたわ……」

桃子が息を弾ませて言い、そっと自分の股間に指を這わせた。

「すごい濡れてる。舐めたのね……」

「う、うん……」

「もう一度して。目を覚ましているときに」

桃子が言う。やはり彼女も貪欲に快楽を求め、最初から純児と懇ろになるつもりだったようだ。そして彼が身を起こそうとすると、

「待って、純児さんも脱いで。みんなは？」

「クルージングに行っちゃった」

「そう……」

桃子が答え、乱れた布団をベッドから落として身を投げ出した。

純児もいったん起き上がって手早く服を脱ぎ、全裸になるとあらためて添い寝していった。

そしてもう片方の乳首も念入りに含んで舐め回し、両の乳首を味わうと、桃子の腕を差し上げて腋の下にも鼻を埋め込んだ。そこは生ぬるく湿り、甘ったるい汗の匂いが馥郁《ふくいく》と籠もっていた。

「あん……」

桃子が呻き、くすぐったそうに身をよじった。

純児は腋から這い出し、桃子の唇に迫った。喘ぐ口から洩れる息は熱く湿り気があり、その名の通り桃でも食べたあとのように甘酸っぱい匂いがして、しかも寝起きだから濃厚に鼻腔を刺激してきた。

唇を重ねると、グミ感覚の弾力と唾液の湿り気が伝わり、すぐにも桃子の方から舌を挿し入れてきた。

純児も受け入れ、温かな唾液にまみれてチロチロと滑らかに蠢く美少女の舌を味わった。

そして舌をからめながら彼女の濡れた割れ目を指で探ると、

「ンンッ……！」

桃子が熱く呻き、反射的にチュッと強く彼の舌に吸い付いてきた。

純児は桃子の熱い息で鼻腔を湿らせながら、愛液に濡れた指の腹でクリトリスをいじっていると、

「も、もうダメ……、指じゃなくて、舐めて……」

彼女が唇を離して、本格的な愛撫をせがんできた。

「じゃ、顔に跨がってね。下から舐めたい」

純児が仰向けになって言うと、桃子もすぐに身を起こし、ためらいなく彼の顔に跨がると、和式トイレスタイルでしゃがみ込んできたのだった。

脚がM字になると白い内腿も脹ら脛もムッチリと張り詰め、濡れた割れ目が鼻先に迫ってきた。

そして彼女が前にあるベッドの柵に両手で摑《つか》まったので、まるでオマルでも使っているような体勢になった。

純児は彼女の腰を抱き寄せ、あらためてぷっくりした割れ目に鼻と口を押し当て、味と匂いを貪りはじめたのだった。

第三章　バツイチ少女の蜜

1

「ああッ……、いい気持ち……」

桃子が熱く喘ぎ、純児の顔にギュッと割れ目を押し付けてきた。

彼も茂みに籠《こ》もる蒸れた匂いに酔いしれながら、さっき以上に濡れている割れ目に舌を這い回らせた。

仰向けで舐めるから、割れ目に彼の唾液が溜まることなく、純粋に溢れてくる美少女の蜜を味わうことが出来た。

そしてやはり膣口を探られるよりも、クリトリスが最も気持ちいいようだ。

小粒の突起でも、彼女の全身を操るほど敏感なのだろう。

チロチロと舌先で弾くようにクリトリスを舐めるたび、泉のように溢れた愛液がトロトロと彼の顎に滴ってきた。

桃子は柵にしがみつきながら息を弾ませて悶え、時に彼の顔中に割れ目をヌラヌラと擦り付けてきた。

純児も心地よい窒息感の中、顔中愛液にまみれながら愛撫を続けた。

「も、もういいわ、いきそう……」

すると桃子が言って股間を浮かせ、そのまま彼の上を移動していったのだ。

そして純児を大股開きにさせて腹這い、幹の裏筋を舐め上げ、粘液の滲む尿道口を舐め回してくれた。

「ああ……」

受け身に転じた純児が快感に喘ぐと、桃子は念入りに張り詰めた亀頭をしゃぶり、小さな口を精いっぱい丸く開き、スッポリと喉の奥まで呑み込んでいった。

温かく濡れた口腔に深々と含まれ、彼は唾液にまみれた幹を美少女の口の中でヒクつかせた。

股間に目を遣ると、桃子は笑窪の浮かぶ頬を上気させてすぼめ、吸い付きながら舌をからめてくれた。

光枝の歯のない口も心地よかったが、年下の美少女におしゃぶりされるのも格別であった。

思わずズンズンと股間を突き上げると、桃子も顔を上下させ、スポスポとリズミカルに摩擦してくれた。先端で喉の奥を突くと、温かな唾液がたっぷり溢れてペニスを浸した。

「い、いきそう……」

すっかり高まった純児が言うと、すぐに桃子もチュパッと軽やかな音を立てて口を離してくれた。そして身を起こして前進し、彼の股間に跨がると、先端に割れ目を押し付けてきた。

「ナマで大丈夫なの……？」

「ええ、いっぱい中に出して」

訊くと桃子が答え、腰を沈めてヌルヌルッと滑らかに根元まで受け入れていった。

「アアッ……、いいわ……！」

完全に座り込むと、桃子はビクッと顔を仰け反らせて喘いだ。そして密着した股間をグリグリ擦り付け、味わうようにペニスを締め上げた。

やはり見かけは幼げな美少女だが、すっかり膣感覚の快楽には目覚めているのだろう。純児も、熱いほどの温もりと締め付け、肉襞の摩擦と潤いに包まれて快感を噛み締めた。

やがて上体を起こしていられなくなったように、桃子がゆっくりと身を重ねてきたので、彼も両手で抱き留め、両膝を立てて張りのある尻を支えた。

肌の前面が密着すると、彼の胸に乳房が押し付けられて弾み、恥毛が擦れ合い、コリコリする恥骨の膨らみも伝わってきた。

「ね、唾を垂らして。いっぱい……」

小刻みに股間を突き上げながらせがむと、

「まあ、元ダンみたいなこと言うのね」

桃子が呆れたように答えた。

「そういえば、別れた旦那はヘンタイだったって言っていたけど、どんなことをしてきたの？」

「卒業したのに、私にセーラー服を着せたり、唾やオシッコを飲みたがったりしていたわ」

訊くと、桃子が重なりながら答えた。

「それぐらい普通だよ。僕だって飲みたいし」

「でも、私だけじゃなく生徒の誰にも、そんな欲望を抱いていたわ」

桃子は言ったが、それも変態ではなく普通だろうと純児は思った。まあ桃子本人が嫌だったのだから仕方のないことである。

それでも桃子はたっぷりと唾液を口に含み、愛らしい唇をすぼめて顔を迫らせてきた。そして白っぽく小泡の多い唾液を、彼の口にグジューッと大量に吐き出してくれたのである。

純児は生温かなシロップを味わい、うっとりと味わってから喉を潤した。

やはり年下だからか、他の誰よりも清らかな感じがした。

「美味しいの？　味なんてないでしょう」

「うん、美少女から出たものだから何でも美味しい」

彼は答えながら、徐々に股間の突き上げを強めていった。

溢れる愛液で律動が滑らかになり、ピチャクチャと音がして、互いの股間が生温かくヌルヌルにまみれた。

純児は高まりながら彼女の口に鼻を押し込み、濃厚に甘酸っぱい吐息で胸をいっぱいに満たしながら絶頂を迫らせた。

すると彼女も収縮と潤いを強めながら、純児の鼻の穴をチロチロと舐め回してくれた。唾液と吐息の匂いに包まれ、ヌメリを感じながらとうとう彼は絶頂に達してしまった。

「い、いく……！」

快感に口走りながら、今までで一番きつい膣口の中に、彼は熱い大量のザーメンをドクンドクンと勢いよくほとばしらせた。

「あ、熱いわ、いく……、アアーッ……！」

桃子も声を上げ、ガクガクと狂おしいオルガスムスの痙攣を開始した。

彼は締まる膣内に、全身が吸い込まれそうな快感に包まれながら、心置きなく最後の一滴まで出し尽くしていった。

「ああ……」

すっかり満足しながら声を洩らし、彼が徐々に突き上げを弱めていくと、

「すごく良かったわ。今までで一番……」

桃子も満足げに口走り、肌の強ばりを解いて力を抜くと、グッタリともたれかかってきた。

まだ膣内はキュッキュッときつく湿り、射精直後で過敏になった幹がヒクヒクと内部で跳ね上がった。そして彼は、美少女の濃厚な果実臭の吐息を嗅ぎながら、うっと

りと余韻を味わったのだった。

　重みと温もりを感じながら呼吸を調えると、やがて桃子がそろそろと身を起こし、割れ目にティッシュを当てて股間を引き離した。

　そして拭きながら顔を移動させ、愛液とザーメンにまみれた亀頭にしゃぶり付くと舌で綺麗にしてくれたのだった。

「あう、い、いいよ、感じすぎるから……」

　純児は降参するように腰をくねらせて言った。

「元ダンにするのは嫌だったけど、何となく懐かしい匂いだわ……」

　桃子が顔を上げ、チロリと舌なめずりして言った。

「じゃ、服を持って下へ行きましょうね」

　彼女が言ってベッドを下りたので、純児も起き上がって服を抱えた。

　互いに全裸のまま階段を下りると、やはり全員出払っていた。

　二人はバスルームに入り、シャワーの湯で全身を洗い流した。

　もちろん彼自身は、またすぐにもムクムクと回復してしまった。何しろ入れ替わり立ち替わり、多くの女性と快楽を分かち合えるのだから、萎《な》えている暇もないぐらいである。

そして純児は性欲の尽きることがないから、正に快楽を求めている彼女たちにとっては打って付けの男だったのだろう。

「まあ、すごいわ、すぐ元通りに……」

彼の勃起を見て、桃子が目を丸くして言った。

「うん、だってとびきりの美少女が目の前にいるんだからね。それより、オシッコもして欲しい……」

純児は言い、バスマットに仰向けになった。

「跨ぐの？　本当にしていいのね？」

桃子も、まだ欲求をくすぶらせているように、目をキラキラさせて言った。

そしてさっきのように彼の顔に跨がると、しゃがみ込んで割れ目を迫らせてきた。

湯に濡れた若草に鼻を埋めると、大部分の匂いは薄れてしまったが、舐めると新たな愛液が溢れて舌の動きが滑らかになった。

桃子も放尿プレイを経験しているだけに、ためらいなく息を詰め、下腹に力を入れて尿意を高めはじめたようだ。

割れ目内部を舐めているうち、やはり奥の柔肉が妖しく蠢いてきた。

「あう、出るわ……」

桃子が短く言い、同時にチョロチョロと熱い流れが注がれてきた。

口に受けると、彼女にとっては朝一番の濃い匂いが鼻腔に抜け、たちまち溢れた分が頬から耳に温かく伝い流れた。

仰向けなので、噎せないよう気をつけながら喉に流し込むと、美少女の匂いと味わいが甘美に胸を満たしてきた。

「ああ、いっぱい出て恥ずかしいわ……」

桃子は勢いをつけて放尿を続け、息を弾ませて彼の口に注ぎ続けた。

やがて急に勢いが衰えると、全て出しきったか流れがおさまってしまった。

純児は悩ましい残り香の中で余りの雫をすすり、割れ目内部を舐め回した。

2

「アア、またしたくなっちゃったわ……」

桃子がたっぷりと愛液を漏らしながら喘ぎ、やがて舌で果てる前に股間を引き離してきた。

そして純児の股間に顔を移動させ、今度は彼の両脚を浮かせ、大胆に尻の谷間を舐めてくれたのだ。

熱い息が股間に籠もり、美少女の舌がヌルッと潜り込むと、

「く……、気持ちいい……」

純児は快感に呻き、キュッキュッと美少女の舌を肛門で締め付けた。

彼女も中で舌を蠢かせてから脚を下ろし、陰嚢に移動して舐め回してくれた。

睾丸が転がされ、温かな唾液に袋全体が心地よくまみれた。

時にチュッと吸ったり、袋を全部頬張ろうとして歯が当たると、

「あう……」

彼はビクリと身を震わせて呻いた。

「痛かった？　ごめんね。ここは噛まないので」

桃子は言って幹の裏側を舐め上げ、先端をチロチロとくすぐってからスッポリと呑み込んでいった。

舌をからめて吸い付き、スポスポと摩擦してからチュパッと口を離した。

「また入れていい？」

「うん……」

仰向けのまま答えると、桃子もすぐ身を起こして前進し、再び女上位で交わってき

たのだった。

ヌルヌルッと一気に根元まで嵌《は》め込むと、

「アアッ……、いいわ、すぐいきそう……」

桃子が喘ぎ、股間を密着させて身を重ねてきた。純児も両手を背に回し、最初からズンズンと股間を突き上げはじめた。

「オシッコの匂いがするわ……」

桃子が顔を寄せて言い、それでも嫌そうでなく唇を重ねた。

舌をからめ、彼が好むのが分かってきたように、口移しにトロトロと唾液を注ぎ込んでくれた。

純児は顔中を彼女の口に擦りつけると、桃子も唾液を垂らしながら舌を這わせてくれ、鼻も頬もヌルヌルにまみれさせた。

「ね、下の歯を僕の鼻の下に引っかけて」

「どうして」

「息の匂い嗅ぎながらいきたい」

「今日はまだ歯磨きしていないのに……」

桃子は言いながらも、下の歯並びを彼の鼻の下にあてがい、大きく口を開いて鼻全体を口でスッポリ覆ってくれた。

　胸いっぱいに嗅ぐと、美少女の果実臭が鼻腔を悩ましく刺激し、彼の興奮と快感が激しく高まった。

「ああ、いい匂い……」

　濃厚で甘酸っぱい匂いに酔いしれながら口走ると、たちまち彼は大きな絶頂の快感に全身を貫かれてしまった。

「いく……、気持ちいい……」

　呻きながら、ありったけの熱いザーメンを勢いよく噴出させると、

「ああ、またいく……、すごいわ、アアーッ……！」

　同時に桃子も二回目のオルガスムスに達し、声を上ずらせながら狂おしい痙攣を開始した。

　締まる膣内で心ゆくまで快感を味わい、彼は最後の一滴まで出し尽くしていった。

　何やら美少女の唾液と吐息があれば、何度でも果てられそうな気になった。

「ああ、気持ち良かった……」

　純児は声を洩らし、満足しながら動きを止めていった。

　桃子もヒクヒクと身を震わせていたが、やがてグッタリと力を抜くと、遠慮なく体

重を預けてきた。

膣内でペニスが断末魔の声を上げるように震え、彼は美少女の唾液と吐息の匂いで鼻腔を刺激されながら、うっとりと余韻を嚙み締めたのだった。

やがて重なったまま呼吸を調えると、桃子が身を起こし、また濡れたペニスをしゃぶってくれた。

そして純児も起き上がり、二人で身体を流すとバスルームを出て、身体を拭いて身繕いをした。

「おなかが空いたわ」

桃子が言い、食事の仕度をした。

もう昼近いので、純児も一緒に昼食を取ることにした。

朝と同じ、トーストとサラダで、桃子がスクランブルエッグを手早く作り、彼は二つのグラスに牛乳を注いだ。

「みんなが帰るのは三時頃だと思う。私はまたゲームをするので」

「うん、僕は少し散歩して、また部屋で寝るかも」

二人はそう話しながら食事を済ませた。

やがて洗い物を終えると桃子が二階へ行き、純児は建物の外に出てみた。

今日も良く晴れ、夏近い風が心地よかった。

しかし賀夜子も明日、日曜の午後には島を発つだろう。純児も月曜から大学があるし、名残惜しいが東京に帰らなければならない。

あとは今夜と明日の朝にも、何か良いことがあれば良いと思った。

もっとも賀夜子は、今後は東京でもさせてくれることだろう。

純児は建物の周りを散策したが、草原と森ばかりで、戦時中のものらしいコンクリートの見晴台までは、どう登ってよいのか分からず諦めた。

そして少し歩いただけで、純児は建物に戻り、二階の自室に入って服を脱ぐと、また全裸のまま横になってしまったのだった。

3

「何て大きい。ツヤツヤして綺麗な色……」

ふと、女性の声に純児は目を覚ました。

見ると、やはり彼のイチモツは朝立ちのようにピンピンに勃起し、指で亀頭に触れているのが元ナースの浪代であった。

「あ、帰ったんですか……」

純児は急激に目覚めて言い、壁の時計を見ると午後三時過ぎだった。

どうやら他の女性たちは、夕食や風呂の仕度でもしているのだろう。

「起こしてごめんね。ちょっとだけいいかしら」

「ええ、ちょっとだけでなくてもいいです」

彼は答え、ベッドから布団を落として受け身体勢になった。

すると浪代も、手早く服を脱ぎ、ためらいなく最後の一枚まで取り去って添い寝してきたのだ。

ぽっちゃり型の浪代は見事な巨乳で、色白の肌からは甘ったるい匂いが濃厚に漂っていた。

「アア、可愛い……」

浪代は感極まったように言い、彼に腕枕して顔を胸に抱きすくめてきた。

見ると、何と濃く色づいた乳首からは白濁の雫が滲み出ているではないか。

では甘い匂いは体臭ではなく、母乳だったらしい。

純児は嬉々として乳首に吸い付き、匂いに噎せ返りながら舐め回した。

何度か吸ううち要領を得て、生ぬるく薄甘い母乳が分泌されて舌を濡らした。

彼はうっとりと喉を潤すと、

「ああ、飲んでくれてるの？　そろそろ出なくなる頃だけど」

浪代が言い、分泌を促すように自ら膨らみを揉みしだいた。

純児は頬が痛くなるほど乳首を吸い、もう片方の乳首も含んで母乳を吸い出した。

「アア、いい気持ち……」

浪代は仰向けになって喘ぎ、巨乳を揉みながらクネクネと悶えた。

やがて両の乳首を味わい、出が悪くなると彼は浪代の腋の下に移動して鼻を埋め込んだ。

すると、何とそこには佐和子のように色っぽい腋毛が煙っていたのである。

嗅ぐと、ミルクに似た甘ったるい汗の匂いが鼻腔に広がった。

すっかり目が覚め、匂いが胸に沁み込み、ピンピンに突き立ったペニスにも刺激が伝わってきた。

やがて彼は白い肌を舐め下り、腰から脚へと下降していった。

脛にも体毛があり、やはり離婚して育児に専念しているので細かなケアなどしていないのだろう。

もちろん純児は興奮を高めながら足首まで行き、足裏に舌を這わせ、指の間にも鼻を押し付けて嗅いだ。

朝からクルージングしたり買い物したりしてきたため、指の股はジットリと生ぬるい汗と脂に湿り、ムレムレの匂いが濃く沁み付いて鼻腔が刺激された。

純児は匂いを貪ってから爪先にしゃぶり付き、順々に指の股に舌を割り込ませて味わった。

「あう、気持ちいいわ……」

浪代はされるままになって声を洩らし、彼はもう片方の足も味と匂いを貪り尽くしてしまった。

そして股を開かせ、ムチムチと弾力ある脚の内側を舐め上げ、張りと量感ある内腿をたどって股間に迫っていった。

丘の茂みは濃く密集し、下の方は愛液の雫を宿していた。

熱気の籠もる股間に潜り込んで、指で陰唇を広げると、子を生んだ膣口が妖しく息づき、母乳に似た白っぽい本気汁を溢れさせていた。

しかも包皮を押し上げるように突き立ったクリトリスは、親指の先ほどもある大きなものだったのだ。

ぽっちゃりした美形の元ナースだが、こんな大きなクリトリスを持っているとは、脱がせてみないと分からないものだと思った。

堪らずに顔を埋め込み、茂みに鼻を擦りつけて嗅ぐと蒸れた汗とオシッコの匂いに混じり、やはりミルクに似た甘く濃厚な性臭が感じられた。

純児は鼻腔を満たして濃い匂いに酔いしれ、舌を挿し入れてヌメリを掻き回した。

滑らかな柔肉をたどって大きなクリトリスに吸い付くと、

「アアッ……、そこ、いい気持ち……！」

浪代が身を反らせて喘ぎ、内腿できつく彼の顔を挟み付けた。

彼は舌を這わせ、乳首のようにクリトリスを吸ってては愛液をすすり、さらに彼女の両脚を浮かせて尻に迫った。

すると何と、谷間の蕾はレモンの先のように僅かに突き出た艶めかしい形をしていた。出産で息んだ名残なのかも知れない。

純児は鼻を埋め、秘めやかに蒸れた匂いを嗅いでから舌を這わせ、ヌルッと潜り込ませて粘膜を味わった。

「あう、もっと深く……」

浪代が呻き、味わうようにモグモグと肛門で舌先を締め付けてきた。

純児も舌を出し入れさせるように動かしていると、やがて彼女が自分から脚を下ろし、脱いだ服から何か取り出して渡してきたのだ。

「これをお尻に入れてから、前にあなたのものを入れて」

浪代が息を弾ませて言い、見るとそれはピンク色で楕円形をしたローターだった。

興味を覚えた彼は、唾液に濡れた肛門にローターをあてがい、親指の腹でズブズブと潜り込ませていった。

そして入って見えなくなると、あとはコードが伸びているだけで、彼は電池ボックスのスイッチを入れた。

「ああ……、いいわ、来て……」

奥からブーン…と低い振動音が聞こえてくると、浪代が愛液を漏らしてせがんだ。

純児も身を起こし、股間を進めた。

急角度にそそり立つ幹に指を添えて下向きにさせ、濡れた膣口に先端を押し当てると、息を詰めてゆっくり挿入していった。

ヌルヌルッと根元まで押し込むと、

「あう、いい……！」

前後の穴を塞がれた浪代がビクッと顔を仰け反らせて呻き、両手を伸ばして彼を抱き寄せた。

純児も股間を密着させて身を重ねると、肛門にローターが入っているため締め付けがきつく、しかも間の肉を通し、ローターの震動がペニスの裏側に伝わって実に妖しい快感だった。

「突いて、強く何度も奥まで……」

浪代が言い、彼も胸で巨乳を押しつぶしながら腰を突き動かしはじめた。

肉襞の摩擦と締め付け、温もりと潤いが激しく彼を高まらせた。

と、彼女が純児の頬を両手で挟み、引き寄せてピッタリと唇を重ねた。

熱い息が鼻腔を湿らせ、彼が舌を挿し入れると舌がチロチロと滑らかにからみついてきた。

徐々に腰の動きがリズミカルになると、浪代も下からズンズンと股間を突き上げ、溢れる愛液がクチュクチュと音を立てた。

「アア、いきそうよ……」

浪代が唾液の糸を引いて口を離し、熱く喘ぎながら潤いと収縮を増した。

熱く湿り気ある吐息はシナモンに似た匂いを濃く含み、悩ましく彼の鼻腔を刺激してきた。

純児も股間をぶつけるように動きながら、彼女の喘ぐ口に鼻を押し込み、濃厚な匂いを胸いっぱいに嗅いだ。

みな少しずつ匂いが異なり、そのどれにも彼は激しく興奮を高めた。

「い、いきそう……」

すっかり絶頂を迫らせた純児が口走ると、

「いいわ、いって、私も……、アアーッ……！」

浪代が声を上ずらせ、一足先にガクガクと狂おしい痙攣を開始したのだった。

ブリッジするように腰を跳ね上げ、身を反り返らせるたび彼の全身が上下にバウンドした。

そして純児も、彼女のオルガスムスの波に巻き込まれるように、続いて激しく昇り詰めてしまった。

「く……！　気持ちいい……」

彼が呻き、熱い大量のザーメンをドクンドクンと勢いよく注入すると、

「あう、もっと……！」

噴出を感じた浪代が駄目押しの快感を得て声を上げ、きつく締め付けてきた。

彼は動きながら快感を嚙み締め、心置きなく最後の一滴まで出し尽くしていった。

満足しながら動きを弱めていっても、まだローターの震動と膣内の収縮が繰り返さ

れ、過敏になった幹が中でヒクヒクと跳ね上がった。

「も、もうダメ……」

浪代も声を洩らしてグッタリと身を投げ出した。

彼はのしかかり、熱く濃厚なシナモン臭の吐息を嗅ぎながら余韻を味わっていたが、敏感になった浪代がクネクネと身をよじった。

ようやく純児は身を起こし、股間を引き離していった。

そしてスイッチを切り、コードを指に巻き付けて切れないようゆっくりとローターを引っ張り出した。

「ああ……」

浪代が、排泄に似た感覚に声を洩らし、レモンの先のような肛門が丸く広がり、ローターが顔を覗かせてきた。

やがてツルッと抜け落ちると、純児はティッシュに受け止めた。ローターの表面に汚れはないが、嗅ぐと生々しい匂いが感じられ、すぐにも彼は回復しそうになってしまった。

一瞬開いた肛門も、元の艶めかしい形に戻ってゆき、浪代は満足げに荒い呼吸を繰り返していた。

「ああ、すごかったわ……」

浪代が言い、身を投げ出したままティッシュを取り、自分で割れ目を拭《ぬぐ》った。

純児が添い寝して呼吸を調えると、まだ快感がくすぶっているように彼女は肌を密着させてきた。

乳首からはまた母乳が滲んでいるので、彼は吸い付いて喉を潤し、匂いに酔いしれているうちムクムクと回復してしまった。

「まだ出来るのね。でも私は充分なので、お口でしてあげるわ。いっぱいミルク飲んでくれたので、今度は私が」

浪代が言い、ノロノロと身を起こすと彼の股間に移動していった。

大股開きになると、彼女は純児の両脚を浮かせ、チロチロと肛門を舐め回し、ヌルッと舌を潜り込ませてくれた。

「あう……」

彼は呻き、中で舌が蠢くと、ペニスは完全に元の硬さと大きさを取り戻した。

「ローター入れてみる？」

浪代が口を離して言うと、

「そ、それは勘弁……」

彼は不安げに答えた。アヌス感覚も目覚めれば気持ち良いかも知れないが、まだまだペニスの快感で充分である。

浪代も無理強いせず、彼の脚を下ろして陰嚢にしゃぶり付き、舌で睾丸を転がしながら股間に熱い息を籠もらせた。

そして前進してペニスに迫ると、巨乳の谷間に挟んでパイズリしてくれ、時に自ら乳首を摘んで、ポタポタとペニスに母乳を垂らしてくれた。

「ああ、気持ちいい……」

純児が喘ぐと、いよいよ浪代も粘液の滲む尿道口に舌を這わせ、丸く開いた口でスッポリと喉の奥まで呑み込んでいった。

温かく濡れた口腔に根元まで含むと、浪代は幹を締め付けて吸い、舌をからめてたっぷりと唾液にまみれさせた。

さらに顔を上下させ、濡れた口でスポスポと摩擦しはじめた。

「い、いきそう……」

急激に高まった純児が口走っても、浪代は強烈なおしゃぶりを止めなかった。

「こ、こっちを跨いで……」

彼が高まって言うと、浪代もペニスを含んだまま身を反転させ、女上位のシックスナインで顔に跨がってきた。

純児は下から股間を抱き寄せ、潜り込むようにして恥毛に籠もった濃厚な性臭を嗅ぎ、割れ目を舐めては伸び上がり、レモンの先のような肛門を舐め回した。

「ダメ、集中できないわ……」

スポンと口を離して彼女が言うので、純児も舌を引っ込め、艶めかしい股間を見上げるだけにした。

浪代は再び深々と含み、熱い鼻息で陰嚢をくすぐりながら、スポスポとリズミカルな摩擦を続行した。

彼も股間を突き上げながら高まり、ジワジワと絶頂を迫らせていった。

彼女は、見られているだけでも感じるのか、割れ目からはトロトロと愛液が溢れ、彼の口に滴ってきた。

それを舐めると、たちまち純児は二度目の絶頂に達してしまった。

「い、いく……、アア、気持ちいい……」

ガクガクと身を震わせながら口走り、ありったけのザーメンがドクンドクンと勢いよくほとばしると、

「ンン……」

噴出を受け止めた浪代が呻き、チューッと強く吸い上げてくれた。

「あう、すごい……」

純児は腰を浮かせて呻き、最後の一滴まで出し尽くしてしまった。

出なくなると、浪代も頬張ったまま動きを停め、口に溜まったザーメンをゴクリと飲み込んでくれた。そして唇でしごくように、吸い付きながらスポンと口を離し、濡れた尿道口をチロチロと舐め回した。

「く……、も、もういいです……」

純児が降参するように腰をよじって言うと、ようやく彼女も舌を引っ込め、向き直って再び添い寝してきた。

「二回目なのに、すごく濃いのが出たわ……」

浪代が囁いたが、その吐息にザーメンの生臭さは残っておらず、さっきと同じ悩ましいシナモン臭がして、彼は嗅ぎながら余韻を味わったのだった。

4

「私は明日の夕方じゃなく、月曜の早朝に帰りたいのだけど、それでもいいかしら」

夕食の時、賀夜子が純児に訊いた。

「ええ、月曜は半日ぐらい休んで、昼から大学に行けたら大丈夫です」

彼も、まだまだこの島に居たくてそう答えた。

湘南の実家には、もう寄らずに真っ直ぐ東京へ帰ると言ってあるし、月曜の午前中の講義をサボるぐらい何でもない。

すると賀夜子も頷き、六人で豪華な夕食を済ませた。

そして先に風呂を勧められ、純児が身体を流して上がると、女性たちもみな一緒に入浴しはじめたのだ。

「ね、私のお部屋に来て」

すると、一人洗い物を片付けるために残っていた光枝が言い、彼は一緒に二階へ行き、彼女の部屋に入った。

そう、歯のない口に射精はしたが、まだ交わっていないのは光枝だけなのだ。

光枝の部屋にも甘ったるい匂いが生ぬるく籠もっていたが、あるのはベッドと机だけで、あまり荷物を持ち込んでいないようで散らかっていなかった。

「もう今日の仕事はないので、いくら入れてもいいわ」

光枝が脱ぎながら言うので、純児も期待に胸を弾ませ、手早く全裸になると、彼女の匂いの沁み付いたベッドに横になっていった。

彼女も一糸まとわぬ姿になって添い寝してきたので、純児も顔を寄せて唇を重ねていった。

舌を挿し入れると、作り物の綺麗な歯並びに触れ、それが開かれるとネットリと舌がからみついてきた。

純児は生温かな唾液に濡れ、滑らかに蠢く美女の舌を味わってから、

「歯を外して……」

言うと光枝も、すぐ総入れ歯を手に吐き出した。

再び舌を挿し入れ、滑らかな歯茎を舐め回し、さらに鼻を押し込んで口の中の熱気を嗅いだ。

夕食後に総入れ歯の洗浄はしてしまったようだが、舌の味蕾《みらい》には微かな残滓があるのか、熱い息は悩ましいオニオン臭を含んで鼻腔が刺激された。

無臭よりずっと興奮が高まり、彼はピンピンに勃起しながら光枝の吐息でうっとりと胸を満たした。

しかも彼女は上下の歯茎で彼の鼻を噛むように愛撫してくれ、純児は吐息と唾液の匂いに酔いしれた。そして充分に嗅いでから彼は乳房に移動し、両の乳首を交互に含

んで舐め回し、顔中で膨らみを味わった。

腋の下にも鼻を埋め、甘ったるい汗の匂いに噎せ返り、さらに滑らかな肌を舐め下りていった。

例によって肝心な部分は最後に取っておき、腰から脚を舐め下り、足裏に舌を這わせて指の股に鼻を割り込ませ、蒸れた匂いを貪った。

両足とも味わい、脚の内側を舐め上げて股間に達すると、彼は先に両脚を浮かせ、尻の谷間に鼻を埋め込んだ。

蕾に籠もる蒸れた匂いを嗅ぎ、舌を這わせてヌルッと潜り込ませると、

「あう、そんなところはいいから、早く……」

光枝が気が急《せ》くように脚を下ろして言った。

純児は粘膜を味わってから割れ目に移動し、茂みに鼻を埋め込み、濃厚に蒸れた汗と残尿臭を嗅ぎながら舌を挿し入れていった。

淡い酸味の愛液が大洪水になり、すぐにも舌の動きが滑らかになった。

彼が膣口を探ってからクリトリスまで舐め上げると、

「アア……、いい気持ち……」

光枝が喘ぎ、ヒクヒクと白い下腹を波打たせた。

そして充分に味と匂いを堪能すると、彼女が自分から身を起こしてきた。

「入れる前に濡らしてあげるわ」

顔を寄せてきたので、彼も身を起こして股間を突き出すと、光枝は張り詰めた亀頭にしゃぶり付いた。

「ンン……」

熱い息で恥毛をくすぐりながら彼女が呻き、吸い付きながら舌をからめてきた。

そして歯茎でも幹をマッサージし、たっぷりと唾液にまみれさせた。

「ああ、気持ちいい……」

純児が喘ぐと、やがて光枝はスポンと口を引き離した。

「じゃ入れて、なるべく長く我慢するのよ。私は入れられるのがすごく好きだから」

彼女は言いながら四つん這いになり、白く形良い尻を突き出してきた。

純児も膝を突いて股間を進め、唾液に濡れた先端をバックから光枝の膣口にあてがい、ゆっくり押し込んでいった。

ヌルヌルッと根元まで押し込むと、彼の股間に尻の丸みが密着して弾み、正常位とは異なる快感が得られた。

「アアッ……！」

光枝が白い背を反らせて喘ぎ、味わうようにキュッキュッと締め付けた。

純児が光枝の尻を抱え、温もりと感触を味わうと、彼女の方から尻を前後に動かしてきた。

彼も腰を突き動かしながら覆いかぶさり、両脇から回した手で乳房を揉みしだき、ボブカットの髪に鼻を埋めて甘い匂いを嗅いだ。

確かに密着する尻は心地よいが、やはり喘ぐ顔が見えず、唾液や吐息が貰えないのが物足りない。

そう思っていたら、光枝もこの体位で早々と果てる気はないようで、ゆっくりとうつ伏せになって横向きになったのだ。彼も、いったん股間を引き離した。

「今度は横から入れて」

光枝が上気した顔で言い、上の脚を真上に突き出した。

純児は彼女の下の内腿に跨がり、再び挿入しながら上の脚に両手でしがみついた。

これも実に新鮮な快感があった。

互いの股間が交差しているので密着感が増し、膣内の感触のみならず、擦れ合う内腿の滑らかさが心地よかった。

彼は、この松葉くずしの体位でズンズンと腰を動かし、摩擦快感にジワジワと絶頂を迫らせていった。

しかし、ここで果てるのが惜しくなると、まるで察したように光枝が仰向けになったので、彼もいったん股間を引き離した。

「いいわ、上になって。もう抜かなくていいから」

光枝が大股開きになって言い、彼もみたび、今度は正常位で挿入していった。

ヌルヌルッと根元まで押し込むと、彼は脚を伸ばして身を重ねた。

胸で乳房を押しつぶすと、彼女も両手を回してしがみついてきた。

光枝が熱く喘ぎながら股間を突き上げると、彼も合わせて腰を突き動かし、心ゆくまで摩擦快感を味わった。

「アア、いい気持ち……」

大量の愛液が動きを滑らかにさせ、揺れてぶつかる陰嚢も生温かく濡れた。

膣内の収縮が増し、何度か光枝は絶頂を迫らせたように顔を仰け反らせ、かぐわしい息を弾ませた。

純児も高まりながら舌をからめ、喘ぐ口に鼻を押し込み、悩ましいオニオン臭で鼻腔を刺激された。

光枝も彼の鼻を歯茎で甘く噛み、生温かな唾液でヌルヌルにさせながら、ガクガクと狂おしい痙攣を開始したのだ。

「い、いっちゃう、気持ちいいわ……！」

彼女が口走ると同時に、純児も激しく昇り詰め、大きな快感の中でありったけの熱いザーメンをドクンドクンと中にほとばしらせた。

（これで、とうとう全員に中出ししたんだ……）

純児は感激に包まれながら思い、心置きなく最後の一滴まで出し尽くしていったのだった。

すっかり満足しながら動きを弱めていくと、

「アア、溶けてしまいそう……」

光枝も満足げに声を洩らし、肌の硬直を解いてグッタリと身を投げ出していった。

純児はのしかかり、まだ息づく膣内でヒクヒクと幹を震わせ、濃厚な吐息を嗅ぎながら余韻に浸り込んでいったのだった。

5

（あ、そうだ。自分の部屋に戻って寝たんだ……）

深夜、純児は目を覚まして思った。

あれから光枝が入浴しに階下へ行ったので、彼は自室に戻って休んだのである。

昨夜のように、彼は全裸で横になっていた。

時計を見ると午前二時。

一眠りしたので目が冴え、淫気も回復してペニスも朝立ちのように突き立っている。

するとそのとき、まるで彼の目覚めと回復を見計らったように、そっとドアがノックされ誰かが入ってきたのである。

純児が枕元の薄明かりを点けて見ると、何と顔を見せたのは賀夜子と桃子の二人ではないか。

「え……？　二人で……？」

彼が驚いて言うと、二人も笑みを浮かべてパジャマ姿で入ってきた。

「ゲームを終えたので、寝る前に純児さんのお部屋に来ようと思ったら、ちょうど賀夜子さんも同じ気持ちだったみたい」

桃子が言う。どうやら二人で忍ぼうと思ったらカチ合ったらしい。

「だから一緒に来てしまったわ。私たちは前に、女同士で戯《たわむ》れ合ったこともある仲だから」

賀夜子が言い、メガネ美女と美少女は同時にパジャマを脱ぎはじめたのである。

純児は、どうなるかと思いつつ、たちまち室内に立ち籠める二人分の匂いに陶然となり、まだ眠って夢でも見ている気持ちになってしまった。

たちまち一糸まとわぬ姿になった二人は、ベッドに仰向けになっている純児を左右から挟むように迫ってきたのである。

賀夜子は、彼が好むのを知っているので、全裸にメガネだけはかけたままだ。

「じっとしててね、好きなようにしたいの」

桃子が言い、屈み込んで彼の乳首にチュッと吸い付くと、もう片方の乳首には賀夜子が口を押し当ててきた。

「あう……」

彼は刺激に呻き、ビクリと反応した。何しろダブルの愛撫だから、感じ方も二倍である。

二人は熱い息で肌をくすぐりながら、チロチロと左右の乳首を舐め回し、音を立ててチュッチュッと吸い付いてきた。

「ああ、気持ちいい……、嚙んで……」

純児は、さらなる刺激を求めて口走っていた。

するとニ人も綺麗な歯並びで、両の乳首をキュッキュッと噛んでくれた。

「あうう、すごい……」

純児は甘美な刺激に呻き、完全に目を覚ましピンピンに勃起した。

二人の力加減が微妙に非対称で、そのどちらにも彼は激しく反応した。

やがて二人は乳首を愛撫し尽くすと、肌を舐め下り、脇腹や下腹にも歯を食い込ませてきた。

「く……、もっと強く……」

彼は悶えながら言い、何やら二人に全身を食べられていくような興奮に包まれた。

二人は申し合わせたように、彼の腰から脚を舐め下りていった。

まるで彼がしているような愛撫の順序で、どうやら肝心な部分は最後に取っておくつもりらしい。

身を震わせながら二人の愛撫を受け止めていると、何と二人は彼の足裏を舐め、両方の爪先に同時にしゃぶり付いてきたのだった。

「あう、いいよ、汚いからそこは……」

純司は申し訳ない気分になって言ったが、二人は愛撫を止めず、順々に指の股にヌルッと舌を割り込ませてきたのである。

どうやら彼を感じさせるためというより、二人は欲望を全開にし、一人の男の全身を貪っているだけのように思えた。

生温かな唾液に濡れた、美女たちの清潔な舌が足指の間に潜り込むのは、ゾクゾクするような快感だった。まるで泥濘《ぬかるみ》を踏むように、たちまち彼の両足は清らかな唾液でヌルヌルにまみれた。

やがてしゃぶりつくすと、彼女たちは口を離して彼を大股開きにさせ、左右の脚の内側を舐め上げてきた。

内腿に歯がキュッと食い込むたび、

「く……」

純児は息を詰めて呻き、粘液の滲むペニスを上下させた。

中心部に迫った二人は頬を寄せ合い、混じり合った息を股間に籠もらせた。

すると賀夜子が彼の両脚を浮かせ、尻の谷間に舌を這わせてきた。その間、桃子は尻の丸みを舐め、キュッと甘く嚙んでくれた。

「あう……」

ヌルッと賀夜子の舌が肛門に侵入すると、彼は呻きながらキュッと締め付けた。

中で舌が蠢き、賀夜子が口を離すと、今度は桃子がチロチロと舐め、ヌルリと潜り込ませてきた。

「く……、気持ちいい……」

純児は、美少女の舌を肛門で締め付けながら呻いた。

立て続けだと、それぞれの舌の感触や温もりが微妙に異なり、いかにも二人がかりで愛撫されているという実感が湧いた。

桃子も舌を出し入れさせてから口を離すと、ようやく脚が下ろされ、二人は同時に陰嚢にしゃぶり付いてきた。

混じり合った熱い息が籠もり、二つの睾丸がそれぞれの舌に転がされ、袋全体も温かな唾液にまみれた。女同士の舌が触れ合っても、かつて戯れ合った仲だから一向に気にならないようである。

そして陰嚢を味わい尽くすと、彼女たちは前進し、同時に幹の裏側と側面をゆっくり舐め上げてきたのだった。

滑らかな舌が先端まで来ると、二人は交互に粘液の滲む尿道口をペロペロと舐め、さらに同時に張り詰めた亀頭にしゃぶり付いてきた。

まるで美しい姉妹が、同時に一本のバナナでも食べているようである。

やがて先に賀夜子がスッポリと呑み込み、頬をすぼめて吸いながら舌をからめた。

吸い付きながらチュパッと離すと、すかさず桃子が深々と含み、舐め回しながら吸ってくれた。

「ああ、気持ちいい……」

純児は激しい快感に喘いだ。ここでも、二人の口腔の温もりと感触が微妙に違い、そのどちらにも彼は激しく感じた。

代わる代わる含んでスポスポと摩擦しては交代し、もう彼はどちらの口に含まれているか分からないほど快感に朦朧《もうろう》となっていった。

今日も一日、朝から何度となく射精してきたが、さすがにダブルフェラの快感で彼は激しく絶頂を迫らせた。

「い、いきそう……」

純児が、懸命に肛門を締め付けて暴発を堪えながら言うと、二人は口を離して顔を上げた。

やはり口に受け止めるより、膣内で果てて欲しいと思っているのだろう。

そう、二人とも膣感覚に目覚めているバツイチたちなのである。

「早く入れたいけど、やっぱりその前に舐めて欲しいわ」

「どこから舐めたい？」

二人が身を起こして言う。

「か、顔に足を乗せて……」

危ういところで絶頂に堪えた純児が息を弾ませて言うと、

「いいわ」

二人は答え、すぐにも立ち上がってきた。

そして仰向けの彼の顔の左右に立ち、互いに体を支え合いながら、そろそろと片方の足を浮かせ、同時に足裏を乗せてきたのである。

「ああ……」

純児は興奮に喘ぎ、二人分の足裏を顔中で感じた。

見上げると、全裸の美女と美少女がスックと立つ姿が目に入り、それは何とも壮観だった。

彼はそれぞれの足裏を舐め、指の間に鼻を押し付けて嗅いだ。

夜に入浴した賀夜子の指の股は、蒸れた匂いが実に淡かったが、桃子はどうやらゲームに熱中して入浴していないようで、ムレムレの匂いが濃く沁み付いていた。

純児は、二人の指の股を嗅ぎ、爪先にしゃぶり付いて舌を割り込ませて味わった。

そして足を交代させ、新鮮な味と匂いを貪ったのだった。

やがて口を離すと、

「顔を跨いで、しゃがんで……」

彼は期待と興奮に胸を高鳴らせて言った。

すると、やはり姉貴分の賀夜子が先に跨がり、和式トイレスタイルでゆっくり彼の顔にしゃがみ込んでくれたのだった。

第四章　二人がかりの快感

1

「ああ、ドキドキするわ……」

しゃがみ込みながら、賀夜子が声を震わせた。やはり一対一ではなく、同性の目があるから羞恥が増しているのだろう。

やがて賀夜子の脚がM字になり、股間が純児の鼻先に迫ってきた。

見上げると、割れ目からはみ出した花びらはネットリと大量の蜜に潤い、今にもトロリと滴りそうなほど雫《しずく》を脹らませていた。

彼は腰を抱き寄せ、茂みに鼻を埋め込み、割れ目内部に舌を挿し入れていった。

そんな様子を、横から桃子が覗き込んでいる。

恥毛には蒸れた汗とオシッコの匂いがほのかに籠もり、熱気と湿り気が馥郁と鼻腔を満たしてきた。

膣口の襞をクチュクチュと舐め回し、ヌメリを味わいながらクリトリスまで舐め上げていくと、

「アアッ……、いい気持ち……」

賀夜子が喘ぎ、思わずキュッと座り込みそうになりながら、懸命に彼の顔の左右で脚を踏ん張った。

純児は味と匂いを貪ってから、尻の真下に潜り込み、谷間の蕾《つぼみ》に鼻を埋め込み、顔中で双丘の弾力を味わった。

やはり次が控えているので、愛撫も性急になってしまう。

蕾に籠もる蒸れた匂いを嗅いでから舌を這わせ、ヌルッと潜り込ませて滑らかな粘膜を探ると、

「あう、いいわ、桃ちゃんにしてあげて……」

賀夜子も気が急くように言い、ビクッと股間を引き離してきた。

そして身を離して場所を空けると、ためらいなく桃子が跨ぎ、和式トイレを使用するかのようにしゃがみ込んできた。

同じように脚がＭ字になり、ぷっくりした割れ目が迫ると、そこも充分すぎるほどの蜜に潤っていた。

若草の丘に鼻を埋め込んで嗅ぐと、賀夜子より濃厚に蒸れた汗とオシッコとチーズ臭が混じり合い、悩ましく鼻腔を刺激してきた。

純児は美少女の匂いを貪りながら舌を挿し入れ、熱く溢れた蜜をすすり、膣口からクリトリスまで舐め回した。

「あん、気持ちいいわ……」

桃子が呻き、彼の顔に割れ目を押し付けてきた。

純児は充分に舐めて味わってから、同じように尻の真下に潜り込み、大きな水蜜桃のような尻の丸みを顔中に受けながら、蕾に籠もる蒸れた匂いを貪った。

舌を這わせて潜り込ませると、

「あう、そこはいいから、早く入れたいわ……」

桃子がむずがるように腰をくねらせて呻いた。

そして純児が滑らかな粘膜を舐め回していると、彼女は途中で自分から股間を浮かせ、彼の上を移動してきたのだった。

ペニスに屈み込んで亀頭をしゃぶり、唾液に潤わせると身を起こし、跨がって先端に割れ目をあてがってきた。

するとと賀夜子が添い寝し、見守られながら桃子が腰を沈め、ヌルヌルッと一気に根元まで膣口に受け入れていった。

「アァッ……！」

美少女が顔を仰け反らせて喘ぎ、キュッキュッと味わうようにペニスを締め付けた。

純児も温もりと感触に包まれながら、添い寝している賀夜子を抱き寄せ、チュッと乳首に吸い付いていった。

すると桃子も身を重ね、彼の顔に乳房を押し付けてきたのである。

やはり二人いると対抗意識が湧くのか、彼も平等に扱うように、二人の乳首を順々に含んで舐め回した。

純児は上からの桃子と横からの賀夜子を抱き寄せ、温もりの中で全ての乳首と膨らみを味わい、それぞれの腋《わき》の下にも鼻を埋め込み、生ぬるく甘ったるい汗の匂いで胸を満たした。

桃子は徐々に腰を動かし、彼もズンズンと股間を突き上げた。

「ああ、いきそう……」

桃子が次第に動きを強め、潤いと収縮を強めて口走った。

純児は二人の顔を引き寄せ、三人で同時に唇を重ねた。

すると二人も嫌がらず、一緒になって舌をからめてくれたのだ。

三人が鼻を突き合わせているので、彼の顔中が混じり合った息で湿り気を帯びた。

どちらの舌も温かな唾液にまみれて滑らかに蠢《うごめ》き、純児は何とも贅沢な快感を得たのだった。

「唾を垂らして、いっぱい……」

せがむと、二人も懸命に分泌させては、代わる代わるトロトロと生温かなシロップを彼の口に吐き出してくれた。

純児は、小泡が多く混じり合った二人分の唾液を味わい、うっとりと喉を潤した。

やがて動き続けていた桃子がヒクヒクと身を震わせはじめた。

「アア、気持ちいい……、もうダメ……」

桃子が喘ぎ、彼は美少女の熱く濃厚な吐息を嗅ぎ、甘酸っぱい果実臭で鼻腔を満たした。

さらに賀夜子の口にも鼻を押し込んで嗅ぐと、やはり花粉臭が寝起きで濃くなり、悩ましく鼻腔が搔き回された。

純児は、二人分の吐息の匂いに高まり、

「顔中ヌルヌルにして……」

二人の顔を引き寄せて言った。二人も息を弾ませながら彼の鼻や頬に舌を這わせ、それは舐めるというより垂らした唾液を舌で塗り付ける感じで、たちまち顔中が二人の唾液に生温かくまみれた。

「い、いく……！」

ダブルの刺激にもう堪らず、純児は口走りながら股間を突き上げ、大きな快感の中で激しく昇り詰めてしまった。

熱い大量のザーメンがドクンドクンと勢いよくほとばしると、

「か、感じる……、アアーッ……！」

奥深い部分を直撃された桃子が声を上ずらせ、ガクガクと狂おしいオルガスムスの痙攣を開始した。

純児も快感の中で射精しながら、二人の口に鼻を擦りつけ、唾液と吐息の匂いに酔いしれ、心置きなく最後の一滴まで出し尽くしていった。

満足しながら突き上げを弱めていくと、

「ああ……、すごかったわ……」

桃子も嘆息して言い、グッタリと彼に体重を預けてきた。

まだ膣内が息づき、中でヒクヒクと幹が過敏に震えた。

そして純児は、密着する二人の温もりの中、混じり合った悩ましい吐息を間近に嗅ぎながら、うっとりと余韻を嚙み締めたのだった。

やがて二人が呼吸を整えると、

「じゃお風呂に行きましょうね」

賀夜子が言い、ベッドを下りた。そして身を起こしてフラつく桃子を支えたので、彼も起き上がった。

まだ光枝が起き出す時間には、だいぶ間があるだろう。

全裸のまま三人で階段を下り、バスルームに入った。

そして三人ともシャワーの湯で身体を洗い流すと、気が済んだように桃子は眠そうな様子である。

もちろん純児はすっかり回復し、ピンピンに勃起していた。何しろ相手が二人いるので、回復も倍の速さだった。

「私、お部屋へ戻って寝るわ」

「あ、その前に、オシッコだけ出して……」

桃子に言い、純児はバスマットに座り込むと、左右に二人を立たせた。

「肩に跨がって、二人で浴びせてね」

言うと二人も彼の左右の肩を跨ぎ、顔に股間を突き出してくれた。

純児は交互に割れ目を舐めたが、大部分の匂いは薄れてしまった。

割れ目内部を舐めるうち、どちらも柔肉が蠢き、尿意が高まってきたようだ。

「あん、出るわ……」

先に桃子が言い、すぐにもチョロチョロと熱い流れをほとばしらせてきた。

彼は舌に受けて味わい、喉に流し込んでうっとりと酔いしれた。味も匂いも淡く、実に心地よく清らかだった。

「あう、出ちゃう……」

すると賀夜子が息を詰めて言い、彼の反対側の肩にポタポタと温かな雫が滴ってきた。賀夜子は慌てて止めようとしたらしいが、いったん放たれた流れはすぐにも勢いを増して降り注いできた。

純児は、そちらに顔を向けて流れを受け止め、味わいながら喉を潤した。

その間、桃子の流れが彼の肌に浴びせられていた。

賀夜子の流れも味と匂いは控えめだったが、それでも二人分となると鼻腔が悩ましく刺激された。

やがて二人の流れがおさまると、純児は代わる代わる二人の割れ目を舐め回し、悩ましい残り香の中で余りの雫をすすった。

彼自身も激しく勃起し、もう一回射精しなければおさまらないほど高まってしまったのだった。

2

「じゃ、私は戻って寝ます」

桃子が、寝しなの小用も足したので、もう一度シャワーを浴びてそう言うと、身体を拭いてバスルームを出ていった。

純児と賀夜子は、二人だけバスルームに残った。

「何だか二人きりになると、もっとドキドキするわね」

賀夜子が言う。やはり三人プレイも夢のように楽しかったが、それは明るいゲームのようなもので、本来の秘め事は男女が一対一でするものなのだろうと、純児も思ったのだった。

「それでね、私は月曜の明け方に船で島を発つ予定なのだけど」

賀夜子もバスマットに座って言った。

「どうも佐和子さんは、あなたを帰したくないみたいなの。ううん、佐和子さんだけでなく、みんなも」

「でも、僕は大学に戻らないと……」

「ええ、何とかするわ。でも、あなたが帰るつもりになっていると、佐和子さんが監禁してしまうかも」

「え……？」

「うちの一族は、特に性欲が強いから、このままあなたが島に監禁されて慰《なぐさ》みものになるような気がして心配だわ」

賀夜子が不安げに言ったが、特に純児は気にしなかった。いったん東京に戻ったって、次の連休に来るという手もあるのだし、まして性欲が強いのなら、彼一人を共有するのも不自然だろう。

するとそんな彼の気持ちを察したように賀夜子が言う。

「一族は、一人の男をみんなで飼いたい願望があるのよ」

「賀夜子先生もそんな気持ちに？」

「私は東京で仕事を持っているから、他のみんなとは違うけど」

賀夜子が答えた。

元々佐和子は財産家で、島を手にしてからも食うに困らないらしい。

皆の家は三宅島にあり、浪代は両親と子がいて、光枝は佐和子の豪邸で一緒に暮らしているようだった。

「まあ、何とか私と一緒に帰れるようにするので、警戒されないように、あまり帰りたい素振りは見せないようにしていて」

「ええ、分かりました」

純児はそう答えたが、賀夜子の取り越し苦労だと思った。するとまたムラムラと淫気が湧いてきてしまった。

何しろ全裸の賀夜子を前にしているのだ。しかもバスルームだからメガネも外し、見慣れぬ美女と一緒にいる気がする。

それに鼻腔にも肌にも、二人分の余韻が沁み付き、勃起したペニスは次の射精への期待に震えていた。

にじり寄ると、賀夜子も話を止めて密着してきた。

彼がバスマットに横になり、愛撫をせがむように幹をヒクつかせると、賀夜子もすぐに屈み込んで先端を舐め回してくれた。

「ああ、気持ちいい……」

純児は仰向けになり、愛撫を受け止めながら快感に喘いだ。

賀夜子も幹に指を添え、念入りに尿道口を舐め回してきた。張り詰めた亀頭にしゃぶり付き、スッポリと喉の奥まで呑み込んで吸い付くと、顔を上下させスポスポと摩擦してくれた。

純児も股間を突き上げ、摩擦快感と唾液のヌメリにジワジワと高まってきた。

すると賀夜子もスポンと口を引き離し、

「入れるわ……」

言うなり身を起こし、ヒラリと彼の股間に跨がってきた。

先端に濡れた割れ目をあてがうと、腰を沈めてゆっくりとペニスを膣口に受け入れていった。

たちまち彼自身は、ヌルヌルッと滑らかな肉襞の摩擦を受けて根元まで没し、彼女の股間が密着してきた。

「アア……、いいわ……」

賀夜子が顔を仰け反らせて喘ぎ、形良い乳房を震わせた。

やはり彼女も、桃子がいなくなってからゆっくり味わいたかったようだ。

賀夜子は何度かグリグリと腰を動かし、割れ目を擦り付けてから身を重ねてきた。

純児が両手で抱き留め、両膝を立てて尻を支えると、彼女が上からピッタリと唇を重ねてきた。

純児は密着する美女の唇を味わい、舌を挿し入れてネットリと絡み付けた。

そして下からズンズンと小刻みに股間を突き上げはじめると、

「ンンッ……」

賀夜子が呻き、自分も合わせて腰を動かした。大量の愛液で律動が滑らかになり、すぐにも互いの動きがリズミカルに一致し、いつしか股間をぶつけ合うほど激しいものになっていった。

クチュクチュと湿った摩擦音が聞こえ、彼の股間までヌメリで温かく濡れた。

「ね、私と桃ちゃんとどっちがいい……？」

唐突に賀夜子が口を離し、息を弾ませて訊いてきた。

「そ、それは賀夜子先生がこの世でいちばん好きです」

「そう、良かった。必ず私が助け出すわ……」

賀夜子は、まだ彼が監禁されることを心配しているようだ。

そして互いに動き続けるうち、

「ああ……、すぐいきそうよ……」

賀夜子が熱く喘ぎ、収縮を強めてきた。

桃子がいないので、急ぐ必要もないのだが、やはり3Pの時からすっかり下地が出来上がっていたのだろう。

純児は、彼女の喘ぐ口に鼻を押し込み、濃厚な花粉臭の吐息を胸いっぱいに嗅ぎながら絶頂を迫らせた。

「舐めて……」

下から言うと、賀夜子も厭《いと》わず彼の鼻にしゃぶり付き、生温かな唾液を垂らしながら鼻の穴を舐め回してくれた。

純児は美女の唾液と吐息の匂いに高まり、収縮と摩擦の中で激しく絶頂に達してしまった。

「い、いく……！」

突き上がる大きな快感に口走り、ありったけの熱いザーメンをドクンドクンと勢いよくほとばしらせると、

「き、気持ちいい……、アアーッ……！」

賀夜子も声を上げ、ガクガクと痙攣してオルガスムスに達していった。

吸い込まれるような収縮の中、彼は動き続けて心ゆくまで快感を味わい、最後の一滴まで出し尽くしていった。

満足して突き上げを弱めていくと、

「ああ……」

賀夜子も硬直を解き、声を洩らしながらグッタリと力を抜いてもたれかかった。

まだ膣内はヒクヒクと収縮し、刺激されたペニスも連動するように内部で過敏に震えた。

そして純児は彼女の重みと温もりを受け止め、花粉臭の吐息を嗅いで鼻腔を刺激されながら、うっとりと快感の余韻に浸り込んだのだった……。

――目が覚めると、窓の外はすっかり明るくなっていた。

そう、純児は夜明け前に賀夜子との濃厚なセックスを終え、一人で部屋に戻ってまた眠ったのである。

その前には、桃子も加えての目眩く《めくるめ》3Pも経験したのだった。

壁の時計を見ると、もう午前十一時近かった。どうやら彼があまりに爆睡しているので、誰も起こさず放っておいてくれたのだろう。

純児は身を起こし、服を着てトイレを済ませ、階下へ下りていった。

「起きた？ 間もなく桃ちゃんも下りてくるでしょう」

キッチンにいた光枝が言い、二人のブランチを仕度してくれた。

「みんなは？」

「賀夜子さんのクルーザーにガソリン入れたり、お土産を積んだりしているわ」

言われて、南の窓から外を見ると、桟橋に賀夜子と浪代、佐和子の姿があり、小型クルーザーに出入りしていた。

そう、今日は日曜だ。

明朝未明、賀夜子は島を発つ予定でいるし、純児もそれに同乗するつもりである。

間もなく桃子が下りてきたので、光枝は二人にパスタを出してくれた。

「わあ、美味しそう。おなか空いたわ」

桃子が食卓に着いて言う。とても明け方に、濃厚な3Pをしたとは思えない無邪気さである。

やがてブランチを済ませると、純児は歯磨きをして、外に出てみた。

すると佐和子と賀夜子は仕度を終え、建物に戻って少し早めの昼食にするようだ。

純児が大型クルーザーのほうに近づくと、浪代が顔を出した。

「中を見てみる？」

「ええ」

言われて答え、彼は船へと移った。賀夜子のクルーザーよりも、一回り大きく豪華である。

すると、皆の昼食の仕度を調え終えた光枝も桟橋に出てきて、一緒に大型クルーザーに乗り込んできたのだった。

3

「すごく快適でしょう。大型だけど、賀夜子さんのクルーザーより速いのよ」

光枝が言い、浪代も純児を豪華な艇内に案内してくれた。

多くの洋酒の揃ったカウンターバーがあり、リビングも広く調度品も高級なものばかりだった。とても隣の三宅島までの買い物だけに使うには勿体《もったい》なく、宝の持ち腐れのようなものである。

寝室もいくつかあり、一番広い部屋にはダブルベッドが据えられていた。

「ね、ここでしましょうか。どうせ夕食の仕度まではずいぶん間があるし」

光枝が言い、浪代も目をキラキラさせて頷くと、二人同時に服を脱ぎはじめたのである。

（え……？　今度はこの二人と３Ｐ……？）

純児は驚き、ずいぶん寝たのですっかり心身は元気になり、すぐにも股間が熱くなってきてしまった。

「さあ、あなたも早く脱いで」

光枝に言われ、彼も興奮を抑えながら手早く全裸になっていった。

すると二人も一糸まとわぬ姿になり、ダブルベッドに並んで仰向けになり、身を投げ出してきたのだった。

あるいはこの二人も、女同士で戯れ合ったことがある仲なのかも知れない。

「さあ、二人もいるんだから遠慮なく、どんどん好きなようにして」

浪代が言うので、まず純児は彼女の巨乳に迫った。

濃く色づいた乳首からは、またうっすらと母乳が滲み出ていた。

乳首を含んで吸うと、もうだいぶ出は悪くなっていたが、それでも生ぬるく薄甘い乳汁が舌を濡らし、甘ったるい匂いが胸に広がってきた。

「私も吸いたいわ」

すると、隣にいた光枝も言って顔を移動させ、もう片方の乳首を含んで吸いはじめたのである。

ボブカットで美形の光枝が顔を寄せ、それぞれの乳首を貪りながら彼と見つめ合うというのも乙《おつ》なものだった。

「アア、いい気持ち……」

浪代がクネクネと身悶えて喘ぎ、濃厚に甘ったるい匂いを漂わせた。

光枝は形ばかりでなく、半端なく強く吸っては、滲む母乳でうっとりと喉を鳴らしていた。

さらに純児は浪代の腋の下にも鼻を埋め、甘い汗の匂いに噎《む》せ返った。

朝から作業を手伝っていたせいか、前の時より匂いが濃かった。

そして彼はぽっちゃりした肌を舐め下り、丸みを帯びた腰から脚へと進み、足裏まで移動していった。

その間、光枝は浪代の左右の乳首を吸い、白い肌を細く長い指で愛撫していた。

純児は浪代と光枝の足裏を交互に舐め、それぞれの指の股に鼻を割り込ませ、濃厚に蒸れた匂いを貪った。

やはり美女が二人いると、何とも贅沢な味わい方が出来、興奮も倍加した。

二人の爪先にしゃぶり付き、舌を潜らせて汗と脂の湿り気を味わうと、

「アア、もっと……」

二人が添い寝して足を投げ出し、互いの乳房をいじり合いながら喘いだ。

味も匂いも似通ったものだが、二人分の脚がニョッキリと伸ばされているのは壮観である。

やがて純児は浪代の脚の内側を舐め上げ、ムチムチと張りのある内腿をたどり、股間に迫っていった。

すると光枝も移動し、彼と一緒になって浪代の割れ目に顔を寄せてきたのだ。

「彼女のクリトリス、大きいわよね」

光枝が頬を寄せ合って囁くと、浪代の股間に籠もる熱気に混じり、光枝の息の匂いがほのかに鼻腔を刺激してきた。

無臭かと思ったら、パスタの調理中につまみ食いでもしていたのか、光枝の湿り気ある吐息には淡いガーリック臭が混じり、純児はギャップ萌《も》えにゾクゾクと興奮を高めてしまった。

確かに、浪代のクリトリスは他の誰よりも大きく突き立ち、彼が舌を這わせると、光枝も一緒になって舐め回してきた。

「アア、いい気持ちよ、もっと舐めて……」

浪代が喘ぎ、二人に舐められて腰をくねらせた。

純児は、大きなクリトリスの感触と同時に、滑らかな光枝の舌も味わった。

浪代の茂みには蒸れた汗とオシッコの匂いが沁み付き、それに光枝の濃厚な息の匂いが混じり合って、彼はクリトリスか舌か、どちらを舐めているのか分からないほど興奮で朦朧となってきた。

やがて光枝が股間から離れ、再び浪代に添い寝していったので、彼は浪代の両脚を浮かせ、レモンの先のように突き出た谷間の蕾に鼻を埋めて蒸れた匂いを嗅いだ。

そして舌を這わせ、ヌルッと潜り込ませて粘膜まで味わうと、

「あうう、気持ちいいわ……」

浪代がキュッキュッと肛門を締め付けて呻いた。

やがて純児は、浪代の前も後ろも味わい尽くすと、隣の光枝の股間にも顔を迫らせていった。

光枝も浪代に負けないほど愛液を大洪水にさせ、悩ましい匂いを漂わせていた。

割れ目に顔を埋め込み、微妙に異なる汗と残尿臭を嗅ぎ、舌を這わせて熱いヌメリをすすった。

膣口からクリトリスまで舐め上げると、

「アアッ……、いい……！」

光枝もすっかり高まって喘ぎ、内腿できつく彼の顔を挟み付けた。

純児は味と匂いを堪能してから光枝の両脚を浮かせ、尻の谷間に鼻を埋め、蕾に籠もる蒸れた匂いを貪ってから舌を這わせた。

「あう……！」

ヌルッと潜り込ませると、光枝も呻いて肛門で舌を締め付けた。

やがて二人の前も後ろも味わい尽くすと、彼はいったん顔を上げた。

「指を入れて、お尻にも……」

浪代がせがみ、純児も左右それぞれの人差し指を、並んで仰向けになっている二人の肛門にズブズブと潜り込ませてゆき、さらに両の親指を濡れた膣口に押し込んでいった。

前後に納めた二本の指で間の肉を摘むと、それは案外薄く、互いの指の蠢きが伝わり合ってきた。何やら両手で、大きく柔らかなボウリングの球でも摑んでいるようである。

「アア、気持ちいい、もっと動かして……」

二人が身をくねらせて喘ぎ、前後の穴で彼の指が痺れるほど締め付けてきた。

「指じゃなく本物を入れてほしいわ……」

光枝が言うので、純児もそれぞれの指をヌルリと引き抜いた。

膣に入っていた両の親指は、攪拌《かくはん》され白っぽく濁った粘液が淫らに糸を引き、肛門に入っていた人差し指に汚れはないが、嗅ぐと生々しいビネガー臭が感じられ、ゾクゾクと彼の興奮が高まった。

まず先に、子持ちで年上の浪代の股間に迫り、彼は正常位でゆっくりと膣口に挿入していった。

「あう、いい……！」

ヌルヌルッと滑らかに根元まで押し込むと、浪代が顔を仰け反らせて口走った。

熱く濡れた柔肉が味わうようにキュッキュッと締まり、彼は温もりと感触を味わいながら身を重ね、母乳の滲む乳首に吸い付いた。

すると横から光枝が胸を寄せてきたので、彼はそちらも含んで舐め回し、二人分の混じり合った甘ったるく濃厚な体臭に噎せ返った。

浪代がズンズンと股間を突き上げてきたので、彼も合わせて腰を遣ったが、この連日の体験で慣れ、暴発するような兆しがないのは有難かった。

もっとも今朝も、夜明け前に濃厚な３Ｐをしているのである。

「アア、早く私にも……」

光枝が言い、純児もいったん身を起こして浪代から引き抜き、隣に移動した。

微妙に温もりと感触の異なる膣口に一気に根元まで挿入すると、

「アアッ……！」

光枝が身を弓なりに反らせて喘ぎ、深々と受け入れていった。

彼は腰を突き動かし、何とも心地よい摩擦と締め付けを味わった。

「今度は後ろからよ」

浪代がうつ伏せになり、四つん這いで尻を突き出しながらせがんできた。

どうやら純児が果ててしまうのを恐れるように、次から次へと体位を変え、濃厚な愛撫を求めているようだ。

彼は光枝の感触を味わってから引き離し、バックから深々と浪代の膣口を貫いていった。

すると光枝も四つん這いになり、挿入を受け入れる体勢を取った。

二人の美女が並んで尻を突き出す様子は実に艶《なま》めかしく、純児は何度か動いては引き抜き、隣の尻を抱えて挿入を繰り返した。

二人とも、やはり純児との一対一より、同性の目を意識して楽しみ、どちらもジワジワと絶頂を迫らせているようだった。

純児も二人の膣内を心ゆくまで味わい、辛うじて暴発は免れたままだった。

4

「いいわ、今度は私たちがしてあげる」

浪代が言うと二人は身を起こし、入れ替わりに純児を仰向けに寝かせた。

すると何と二人は屈み込み、彼の両の爪先からしゃぶりはじめたのである。

「あう……」

左右の指の股に舌がヌルッと潜り込むと、純児は唐突な快感に呻いた。

賀夜子と桃子にされた時も、申し訳ないような快感を覚えたが、あるいは彼が女性の足をしゃぶりたいように、欲望が満々になった女性たちも男の爪先を舐めたがるものなのかも知れない。

全ての指の間に美女たちの舌が割り込み、たちまち彼の両足は温かな唾液でヌルヌルにまみれた。

やがて申し合わせていたように、二人が口を離した。

「腹這いになって」

浪代が言い、彼も素直にゴロリと寝返りを打ち、うつ伏せになった。

すると二人は彼の脚の裏側を舐め上げ、尻の双丘にキュッと歯を食い込ませてきたのだ。

「く……、もっと強く……」

甘美な刺激に、純児は顔を伏せて呻いた。

二人も容赦なく噛み、熱い息で肌をくすぐった。特に光枝の歯は作り物だが、心地よく尻に立てられてきた。

そして二人の唇と舌が、腰から背中に這い上がってくると、

「ああ、気持ちいい……」

純児は新鮮な刺激に思わず喘いだ。

腰も背中も、実に感じる部分ではないか。しかもダブルの愛撫だから、彼は少しもじっとしていられないほどクネクネと身悶えた。

背中のあちこちにも歯が食い込み、やがて二人の口が肩まで来ると、息でうなじをくすぐられて彼はビクッと身をすくめた。

「はい、じゃ仰向け」

浪代が言い、再び彼は仰向けになった。どうやら二人とも、彼の全身を隅々まで味わいたいようだ。

今度は純児の左右の乳首に美女たちの口がチュッと吸い付き、舌が這い回り、せがむまでもなく二人は咀嚼《そしゃく》するようにキュッキュッと嚙んでくれた。

「あう……」

純児は甘美な刺激に身をくねらせ、勃起した先端から粘液を滲ませた。

二人は充分に左右の乳首を愛撫し、彼の両の腋の下にも舌を這わせてきた。

彼はくすぐったい刺激に悶え、女性のように喘ぎ続けた。

二人は肌を舐め下り、脇腹や下腹にもキュッと歯を食い込ませながら、彼を大股開きにさせた。

まず両脚が浮かされ、二人の舌がチロチロと交互に肛門に這い回り、ヌルッと潜り込んだ。

「く……、すごい……」

純児は美女たちの舌に犯されている気分で呻き、それぞれの舌先を肛門で締め付けて味わった。

　ここでも二人の舌の感触や蠢きが異なり、内側から刺激されたペニスが上下し、いよいよ限界に迫りつつあった。

　ようやく脚が下ろされると、二人は賀夜子と桃子の時のように、頰を寄せ合って同時に陰嚢にしゃぶり付いてきた。それぞれの睾丸を舌で転がし、熱い息が混じり合って股間に籠もった。

　そして二人は幹を舐め上げ、先端まで来て粘液の滲む尿道口を代わる代わる舐め回し、交互にスッポリと吞み込んできた。

　もちろん光枝は、含む前に総入れ歯を外し、唇と舌の愛撫に加え、歯茎の摩擦も加えてきたのだ。

「ああ、いきそう……」

「まだダメよ」

　彼が降参するように言うと、浪代が答え、二人は顔を上げた。

　そして歳の順で、子持ちの浪代が純児の股間に跨がり、先端に濡れた割れ目を押し当てながらゆっくり腰を沈めて受け入れていった。

　ヌルヌルッと根元まで嵌め込むと股間が密着し、

「アアッ……、いい気持ち……」

浪代が顔を仰け反らせて喘ぎ、キュッときつく締め上げてきた。

そして身を重ねてくると、光枝も横から肌を密着させた。

純児は、二人分の温もりを感じながら快感を高め、それぞれの肌を抱き寄せた。

上から浪代がピッタリと唇を重ねてくると、やはり横から光枝も顔を迫らせ、舌を割り込ませてきた。

「ンンッ……」

二人は熱く鼻を鳴らし、一緒になって彼の唇と舌を貪った。

彼もそれぞれ滑らかに蠢く舌を舐め回し、二人分の鼻息で熱く鼻腔を湿らせた。

やがて浪代が腰を動かしはじめると、純児も股間を突き上げ、大量の愛液で股間をビショビショにさせた。

「ああ、いきそう……、もっと突いて……」

浪代が口を離し、唾液の糸を引きながら熱くせがんだ。

彼女の吐息は濃厚なシナモン臭で、間近に迫る光枝の口からは淡いガーリック臭が吐き出され、混じり合った匂いに彼はゾクゾクと高まった。

光枝の口には、すでに総入れ歯が装着されている。

彼は股間を突き上げ、交互に二人の口に鼻を押し込んでは濃い匂いに酔いしれ、胸を満たしながら絶頂を迫らせていった。

「唾を垂らして、顔中ヌルヌルにして……」

高まりながらせがむと、二人も交互にクチュッと彼の口に唾液を吐き出してくれ、顔中にも舌を這わせてくれた。

たちまち純児の顔はミックス唾液でヌルヌルにまみれ、悩ましい匂いが濃厚に鼻腔を刺激してきた。

もう堪らず、彼は勢いをつけて股間を突き上げ、二人の口に鼻を擦りつけながら絶頂に達してしまった。

「い、いく……、気持ちいいッ……！」

大きな快感に口走りながら、熱い大量のザーメンをドクンドクンと勢いよくほとばしらせると、

「か、感じるわ、もっと……、アアーッ……！」

噴出を受け止めた浪代も声を上ずらせ、ガクガクと狂おしいオルガスムスの痙攣を開始したのだった。

収縮と締め付けの増す膣内で揉みくちゃにされながら、彼は快感を味わい、心置きなく最後の一滴まで出し尽くしていった。

すっかり満足しながら動きを弱め、力を抜いていくと、

「ああ……、良かったわ……」

浪代も声を洩らし、強ばりを解きながらグッタリともたれかかってきた。

遠慮なく体重を預けながら、まだ膣内は収縮を繰り返し、彼自身はヒクヒクと過敏に震えた。

そして純児は、二人分の濃厚な吐息を間近に嗅ぎながら、うっとりと快感の余韻を味わったのだった。

浪代は呼吸も整わないうち、そろそろと股間を引き離し、ゴロリと横になって光枝のために場所を空けたが、

「すぐは無理でしょう。一度シャワーを浴びましょうね」

光枝が言い、先にクルーザー内のシャワールームへ移動して湯を出した。

純児と浪代も身を起こし、さすがに広くはないが三人で身を寄せ合ってシャワーを浴びた。

「ね、オシッコ出して欲しい……」

まだまだ淫気旺盛な純児が言って床に座ると、二人も立ったまま彼の方へ股間を突き出してくれた。

「浴びたいの？　いいわ……」

　そして浪代が言い、よく見えるように自ら指でグイッと陰唇を左右に広げてくれたのだ。すると光枝も同じようにしてくれて、彼は興奮を甦らせながら、それぞれの割れ目を舐め回した。

「あう、出るわ……」

　先に浪代が言い、光沢ある大きなクリトリスの下からチョロチョロと熱い流れをほとばしらせてきた。

　舌に受けて味わうと、やや濃い味と匂いが感じられ、彼はムクムクと回復しながら温かなシャワーを肌に浴びた。

　間もなく光枝の割れ目からは、最初から勢いの付いた流れが噴出し、彼はそちらも口に受けて味わった。光枝の流れの方は味と匂いは淡く、心地よく喉を通過したのだった。

　二人は割れ目を広げながらゆるゆると放尿し、ことさら彼の顔に浴びせてきた。

　純児も二人分の熱い流れの味と匂いを堪能し、彼自身もすっかり元の硬さと大きさを取り戻したのだった。

　ようやく二人の流れがおさまると、二人は割れ目から指を離してプルンと震えた。

純児は残り香の中で余りの雫をすすり、それぞれの割れ目を舐め回した。

「あう、私はもう充分よ……」

浪代が言い、ビクッと股間を引き離した。光枝は、すっかり快感を高め、新たな愛液をトロトロと漏らしていた。

やがて三人はシャワーで全身を流し、身体を拭いてベッドへと戻ったのだった。

5

「すごいわ、もうこんなに硬く……」

仰向けになった純児の股間に顔を寄せ、光枝が舌を這わせてきた。

もちろん光枝は、すでに総入れ歯を外している。

浪代は、もう気が済んでいるだろうに、なおも彼に添い寝して光枝の愛撫を眺めていた。

光枝は丸く開いた口で、スッポリと彼自身を喉の奥まで呑み込み、クチュクチュと舌をからめて吸い付いた。

「ああ、気持ちいい……」

純児が喘ぐと、横から浪代が巨乳を迫らせ、

「いきそうになるまで好きにしていいわ」

と言ってくれたので、母乳の滲む乳首に吸い付いて舌で転がした。

光枝は熱い鼻息で恥毛をそよがせながら、顔を上下させてスポスポと貪るように摩擦を開始した。

生温かな唾液に濡れた歯茎のマッサージと、顔中に密着する巨乳の感触に彼は高まってきた。

すると、純児が降参する前に、ペニスが充分に唾液にまみれると光枝からスポンと口を引き離してきた。

そのまま身を起こして前進し、彼の股間に跨がると、先端に割れ目を押し当て、感触を味わうようにゆっくり座り込んできた。

たちまち彼自身は、ヌルヌルッと滑らかに光枝の膣内に納まり、ピッタリと股間が密着した。

「ああ、いいわ、奥まで感じる……」

光枝が顔を仰け反らせて喘ぎ、何度かグリグリと擦り付けてから身を重ねてきた。

純児も両手を回して抱き留め、膝を立てて尻を支えた。

すでに光枝の口には、綺麗な歯並びが揃っていた。

「いいわ、いつでも好きなときにいって」

光枝が囁き、腰を動かしはじめた。彼女は絶頂を合わせることが出来、彼が果てた途端に自分も昇り詰められるのだろう。

純児も股間を突き動かし、何とも心地よい摩擦を味わった。しかも船の緩やかな揺れも、実に快適だった。

そして彼が唇を求めて光枝の顔を引き寄せると、さっきのように浪代も顔を割り込ませ、三人で舌をからめた。

浪代はこうした戯れが好きなのか、光枝もそれをうるさくは思っていないようだ。

二人分の混じり合った吐息に純児の顔中が湿り、彼はそれぞれの舌を舐め回しながら唾液をすすった。

二人も、彼が好むのを知っているので、ことさら多めに唾液をトロトロと注いでくれた。

純児は混じり合った唾液を味わい、うっとりと喉を潤して酔いしれながら、さらに二人分の濃厚な吐息で鼻腔を刺激されて高まった。

二人も彼の顔を満遍なく舐め回し、時に両耳に同時に舌先が潜り込んで蠢いた。

聞こえるのは、クチュクチュと唾液の擦れる音だけで、彼は何やら二人に頭の中まで舐められている気分になった。

「アア、いきそうだわ……」

動きながら、光枝が息を震わせて言い、収縮と愛液の分泌を強めてきた。

純児も下から光枝にしがみつき、横から密着する浪代の温もりと匂いも感じながらたちまち大きな快感に全身を貫かれてしまった。

「い、いく……！」

昇り詰めながら口走り、彼がありったけの熱いザーメンをドクンドクンと勢いよく噴出させると、

「き、気持ちいいわ……、アアーッ……！」

光枝も声を上げ、ガクガクと狂おしく痙攣した。

膣内が締まり、彼の全身まで吸い込むような収縮が繰り返された。

純児は快感を嚙み締め、心置きなく最後の一滴まで出し尽くしていった。

この島へ来てから、一体何回目の射精であろう。もういちいち覚えておらず、彼は満足しながら突き上げを弱めていった。

「ああ、良かったわ、すごく……」

光枝も声を洩らし、硬直を解きながら力を抜いてもたれかかった。

まだ膣内が名残惜しげに締まり、中の彼自身は断末魔の声を上げるかのようにヒクヒクと過敏に震えた。

そして純児は、二人の温もりに包まれ、熱く濃厚に混じり合った吐息を嗅ぎながらうっとりと余韻に浸り込んでいったのだった。

身を寄せ合いながら呼吸を調えると、やがて上になった光枝がそろそろと股間を引き離し、浪代と一緒に身を起こしていった。

「まだゆっくり寝ているといいわ」

光枝が言って二人がシャワールームに移動し、純児は身を投げ出したまま脱力して目を閉じた。

船の揺れが揺りかごのように心地よく、少しウトウトしてしまった。

しばらくはシャワーの音が聞こえていたが、それも分からなくなり、本格的に眠り込んでしまったようだ。

どれぐらい経ったか、純児は揺り起こされて目を覚ました。

見ると、それは桃子だった。

「そろそろ夕食が出来るわ」

「う、うん、有難う……」

全裸の純児は目を擦って起き上がり、彼女に答えながら窓を見ると、外はすっかり日が傾いていた。

あれから、浪代と光枝は彼があまりによく眠ってしまったので、二人はクルーザーを降りて建物に戻ってしまったのだろう。

「すごい勃《た》ってるわ。急いで私とする？」

「い、いや……」

桃子が悪戯《いたずら》っぽい笑みを浮かべて言い、純児も答えたものの、一眠りしたから急激な淫気に襲われた。

「みんなをあんまり待たせちゃいけないから……」

「そうね、私も脱いでエッチしたら力が抜けちゃうし。じゃ、お口でしてあげるわ」

桃子が言い、やんわりと彼の強ばりを手のひらに包んできた。

「じゃ、いきそうになるまで指でして……」

純児も、すっかりその気になって言った。すると桃子はニギニギと指で愛撫してくれ、純児は彼女に唇を重ねていった。

グミ感覚の弾力を味わい、舌をからめると滑らかな蠢きが返ってきた。

彼は美少女の唾液をすすりながら、桃子を抱えて再びベッドに横になった。

そして指に翻弄《ほんろう》されながら、彼女の開いた口に鼻を押し込み、濃厚に甘酸っぱい吐息を胸いっぱいに嗅いで高まった。

「ああ、いい匂い……」

純児は、桃の実を食べた直後のように可愛らしい果実臭のする吐息を嗅いで喘ぎ、急激に絶頂を迫らせた。

全く、相手さえ変われば何度でも出来てしまうのだ。

「いきそう、お口でお願い……」

言うと桃子も身を起こし、移動して彼の股間に屈み込んできた。

幹を指で支え、チロチロと尿道口を舐め、張り詰めた亀頭にしゃぶり付いた。

まだ光枝の愛液が残っているかも知れないが、桃子は気にする様子もなく、そのままスッポリと喉の奥まで呑み込み、笑窪の浮かぶ頬をすぼめてチュッと吸い付いてくれた。

「ああ……」

純児は、股間に熱い息を受け、美少女に吸われながら喘いだ。

桃子も口の中でチロチロと舌を蠢かせ、さらに顔中を上下させスポスポと摩擦しはじめてくれた。

純児もズンズンと股間を突き上げ、美少女の神聖な口の中で激しく昇り詰めてしまった。

「い、いく……、アアッ……！」

大きな絶頂の快感に口走りながら、まだこんなに残っていたかと思えるほど大量のザーメンをドクンドクンと勢いよくほとばしらせた。

「ク……、ンン……」

喉の奥に噴出を受けた桃子が呻き、なおも吸引と摩擦を続行してくれた。

「ああ、気持ちいい……」

純児は魂まで搾り出す勢いで喘ぎ、最後の一滴まで出し尽くしてしまった。

ようやく気が済んで突き上げを停めると、桃子も動きを停め、含んだまま口に溜まったザーメンをコクンと飲み干してくれた。

そしてチュパッと口を離すと、なおも指で幹をしごき、尿道口に脹らむ余りの雫までペロペロと丁寧に舐め取ってくれたのだった。

「あうう、も、もういいよ、どうも有難う……」

純児は腰をくねらせて言い、彼女も舌を引っ込めてくれたのだった。

桃子も身を起こし、少しも嫌そうな顔はせず、チロリと舌なめずりした。

純児は身を投げ出し、しばし余韻を味わっていたが、やがて呼吸を調えると起き上がってノロノロと身繕いをした。

そして桃子と一緒にクルーザーから出ると、桟橋を歩いて建物へと戻っていったのだった。

第五章　甘美な牢獄の一夜

1

（さあ、明日の朝には帰れるんだろうか……）

自分の部屋で、いつものように全裸で横になりながら純児は思った。

あれから夕食は、すき焼きパーティで、東京へ戻る賀夜子の歓送会のようなものだった。

もちろん純児は、賀夜子から釘を刺されているので、自分も一緒に帰るというようなアピールはしないでおいたし、誰も彼に関しての話題は出さなかった。

そして夕食後に入浴を済ませ、自室に戻ってきたところだった。

皆も順々に入浴し、今夜は寝るのだろう。

今日も多くの女性と肌を重ねたが、これで明朝、賀夜子と一緒に帰れるのなら名残惜しい気もして、もう一回ぐらいしておきたいとさえ思ってしまった。

と、その時ドアが軽くノックされたのだ。

純児は急いで起き上がり、タオルを股間に当てて細めにドアを開いた。

すると、顔を覗かせたのは佐和子であった。

「まあ、もう裸なの。じゃそのままでいいわ。私の部屋に来て」

言われて頷き、彼はモジモジしながら部屋を出て、佐和子に従い一番奥にある彼女の部屋に入った。

すると彼女も、すぐに服を脱ぎはじめたのである。

どうやら前置きなどなく、いきなり欲望をぶつけ合いたいようだった。

純児を明朝帰してくれるため、最後に一回したいのではないかと、彼は希望的観測をしてしまった。

とにかく彼も、もう一回ぐらいしたいと思っていたところなので、見る見る露わになっていく白い熟れ肌と、室内に籠《こ》もる甘い匂いを感じるうち、ムクムクと最大限に勃起してきたのだった。

すでに全裸の彼は、先に美熟女の匂いの沁み付くベッドに横たわった。

佐和子も黙々と全て脱ぎ去ってゆき、やがて一糸まとわぬ姿になると彼に添い寝し腕枕してくれた。

「アア、可愛い……」

彼女は感極まったように言い、彼をギュッときつく胸に抱きすくめた。

「みんなとしたようだけど、誰もがあなたを気に入っているわ」

佐和子が顔を寄せ、熱い息で囁いた。

すでに誰もが、純児と肌を重ねていることを承知し、そこに嫉妬や独占欲などはなく、彼は全員の共有物となっているようだった。

美熟女の湿り気ある吐息には、悩ましい白粉《おしろい》臭が含まれ、うっとりと彼の鼻腔が刺激された。

鼻先にある乳首にチュッと吸い付き、舌で転がしながら顔中で巨乳を味わうと、

「ああ、いい気持ち……」

佐和子がうっとりと喘ぎ、彼の額にチュッとキスしてきた。

生温かく濡れた柔らかな唇が額に触れると、彼は心地よさに思わずビクリと肩をすくめた。そして佐和子がゆったりと仰向けの受け身態勢になったので、彼ものしかかり、左右の乳首を含んでは舐め回した。

彼女はまだ入浴前なので、巨乳の谷間や腋から生ぬるく甘ったるい匂いが馥郁《ふくいく》と漂っていた。

両の乳首を充分に味わうと、純児は匂いを求めるように佐和子の腕を差し上げ、色っぽい腋毛の煙る腋の下に鼻を埋め込んでいった。

「ああ、なんていい匂い……」

純児は胸いっぱいに吸い込むとうっとりして言い、なおも匂いを貪りながら舌を這わせた。

「アア、くすぐったいわ……」

佐和子がクネクネと身悶えて喘ぎ、彼は胸を満たしてから熟れ肌を舐め下りていった。臍《へそ》を探り、張りのある下腹の弾力を顔中で味わうと、例によって股間を最後に取っておき、豊満な腰のラインから脚を舐め下りていった。

体毛のある脛に舌を這わせ、足首まで行って足裏に回り込んでも、もちろん佐和子はじっとされるままになっていた。

踵から土踏まずを舐め、逞しい足指の間に鼻を押し付けて嗅ぐと、やはり今日も汗と脂に湿り、ムレムレになった濃い匂いが沁み付いて鼻腔が刺激された。

充分に嗅いでから爪先にしゃぶり付き、指の股に舌を割り込ませていくと、

「あう……」

佐和子がビクリと反応して呻き、クネクネと熟れ肌を悶えさせはじめた。

純児は両足とも、全ての指の股の味と匂いを貪り尽くすと、股を開かせ、脚の内側を舐め上げていった。

島の女性の中では最年長だが、四十歳を目前にした肌は脂が乗り、何とも滑らかで心地よい舌触りだった。

白くムッチリした内腿をたどり、熱気と湿り気の籠もる股間に迫ると、すでに割れ目からはみ出した陰唇はヌラヌラと熱く潤っていた。

左右の内腿を味わってから中心部に顔を寄せ、指で陰唇を広げると、かつて桃子が生まれ出てきた膣口が、白っぽい本気汁を滲ませて妖しく息づき、真珠色の光沢あるクリトリスもツンと突き立っていた。

吸い寄せられるように顔を埋め込み、柔らかな茂みに鼻を擦りつけて嗅ぐと、蒸れた汗とオシッコの匂いが濃厚に鼻腔を刺激してきた。

純児は胸を満たし、舌を挿し入れて淡い酸味のヌメリを掻き回し、膣口からクリトリスまで舐め上げていった。

「アアッ……、いい気持ち……」

佐和子が顔を仰け反らせて喘ぎ、内腿でキュッときつく彼の両頬を挟み付けた。

彼は味と匂いを吸収し、割れ目を貪り尽くすと、佐和子の両脚を浮かせて白く豊満な尻に迫った。

谷間の蕾に鼻を埋め込み、顔中に密着する双丘の弾力を味わいながら蒸れた匂いを嗅いだ。そして舌を這わせて細かな襞を濡らし、ヌルッと潜り込ませて滑らかな粘膜を探ると、淡く甘苦い味が感じられた。

「あう……」

佐和子が呻き、アヌス処女を喪《うしな》った肛門でキュッキュッときつく彼の舌先を締め付けた。

純児は中で舌を蠢かせてから、再び割れ目に戻って大量のヌメリをすすり、クリトリスに吸い付いていった。

「も、もういいわ、私にもおしゃぶりさせて……」

佐和子が言って純児の手を引くので、彼も前進して巨乳に跨がった。

すると彼女が両側から巨乳に手を当て、谷間にペニスを挟んでくれたのだ。

肌の温もりに包まれたパイズリに陶然となると、彼女が顔を上げ、舌を伸ばして先端をチロチロと舐め回してくれた。

「ああ……」

純児は喘ぎ、さらに腰を前進させた。

佐和子も、そのまま喉の奥までスッポリと呑み込み、熱い鼻息で恥毛をくすぐりながら幹に吸い付いてネットリと舌をからませてきた。

たちまち彼自身は生温かな唾液にまみれ、上気した頬をすぼめて吸い付く美熟女の表情が何とも艶めかしく、彼はジワジワと高まっていった。

「い、いきそう……」

「いいわ、入れて」

降参するように言うと、佐和子もスポンと口を離して答えた。

彼は再び移動し、大股開きになった佐和子の中心部に股間を進め、正常位でゆっくり挿入していった。

ヌルヌルッと滑らかに根元まで潜り込ませると、

「アアッ……、いいわ……」

佐和子が熱く喘ぎ、味わうようにキュッキュッと締め付けてきた。

純児は股間を密着させ、温もりを味わいながら脚を伸ばして身を重ねた。

すると佐和子が両手を回して抱き留め、彼の胸の下で巨乳が押し潰れて心地よく弾んだ。

上からピッタリと唇を重ねると、

「ンンッ……」

佐和子が熱く鼻を鳴らして舌をからめ、ズンズンと股間を突き上げはじめた。

純児も合わせて腰を遣い、生温かな唾液にまみれて滑らかに蠢く舌を味わった。

互いの動きもリズミカルに一致し、クチュクチュと湿った摩擦音が聞こえ、収縮が増していった。

「ああ、いきそうよ、もっと強く……」

佐和子が唾液の糸を引いて喘ぎ、彼は湿り気ある白粉臭の吐息を嗅ぎながら、股間をぶつけるように激しく突き動かした。

「い、いく……、アアーッ……!」

たちまち佐和子が先に声を上ずらせ、ガクガクと狂おしいオルガスムスの痙攣を開始した。

その収縮に巻き込まれ、続いて純児も昇り詰めてしまい、

「く……、気持ちいい……」

口走りながら、熱いザーメンをドクンドクンと勢いよく注入した。

「あうう、感じるわ、もっと出して……」

噴出で駄目押しの快感を得た佐和子が呻き、飲み込むようにキュッキュッときつく締め付け続けた。純児も心ゆくまで大きな快感を味わい、最後の一滴まで出し尽くしていった。

すっかり満足しながら動きを弱め、力を抜いて身を預けていくと、

「アア……、良かったわ……」

佐和子も満足げに声を洩らし、熟れ肌の強ばりを解いていった。

まだ膣内は名残惜しげに息づき、刺激された幹がヒクヒクと過敏に跳ね上がった。

彼は熟れ肌にもたれかかり、熱く湿り気ある白粉臭の吐息を間近に嗅ぎ、鼻腔を刺激されながらうっとりと余韻に浸り込んでいった。

2

「何だか、まだ出来そうね……」

バスルームで、佐和子が純児の回復を見て言った。目をキラキラさせているので、まだ彼女もその気があるのだろう。

あれから二人は全裸で階下に来て、バスルームでシャワーを浴びたところだった。

他の女性たちは、すでに入浴を終えて各部屋に引き上げていた。

バスルーム内には、女性たちの混じり合った匂いが甘ったるく濃厚に残り、それに湯に濡れた佐和子の熟れ肌を見ているうち、すぐにも純児はムクムクと回復してしまったのだった。

「ね、オシッコ出して」

純児がバスマットに座ってせがむと、佐和子も立ち上がって彼の顔に股間を突き出してくれた。彼は佐和子の片方の足を浮かせてバスタブのふちに乗せ、開いた股間に顔を迫らせた。

「すぐ出るか分からないので、催すまで吸って……」

佐和子が言い、指でムッチリと陰唇を広げてくれた。

何やら果実の皮を剝《む》き、美味しい果肉を食べさせてくれるような仕草である。

純児も顔を埋め、突き立ったクリトリスに吸い付いた。

湯に濡れた恥毛に沁み付いていた匂いは薄れてしまったが、新たな愛液がトロトロと溢れてきた。

彼はクリトリスを吸っては、漏れてくるヌメリをすすって待機した。

彼女も下腹に力を入れ、尿意を高めはじめてくれたようだ。

期待に、ペニスは完全に元の硬さと大きさを取り戻しており、割れ目内部を舐めると柔肉が妖しく迫り出し、味と温もりが変化してきた。

「あう、出るわ……」

佐和子が息を詰めて言うなり、チョロッと熱い流れがほとばしり、続いてためらいがちにチョロチョロと注がれてきた。

口に受けた純児は、淡い味と匂いを堪能しながら喉を潤した。

そして彼も二回戦に備え、勃起しているので苦労しながらこっそりチョロチョロと放尿を済ませてしまった。

「アア……」

佐和子は喘ぎ、開いていた陰唇から指を離し、体を支えるため彼の頭を両手で抱えた。勢いが増してくると口から溢れた分が肌を伝い流れ、回復したペニスが温かく浸された。

やがて勢いが衰えると、間もなく流れがおさまった。

純児は淡い匂いを貪りながら余りの雫をすすり、割れ目内部を舐め回した。

「ああ、もういいわ……」

たっぷりと愛液を漏らしている佐和子が言い、腰を引き離して脚を下ろした。

そして二人でもう一度湯を浴び、身体を拭くとバスルームを出た。

「ね、今度はこっちの部屋でしたいわ」

佐和子が言い、奥にあるドアを開けた。納戸《なんど》かと思っていたドアだが、見ると下に階段が続いているではないか。

(地下室……?)

純児は怪訝に思いながらも、佐和子に従い互いに全裸のまま階段を下りていった。

階段にはカーペットが敷かれ、壁紙も貼られていたが、折り返しを下ると、次第に壁が打ち放しのコンクリートになっていった。

一番下まで下りて、純児は目を見張った。

「あ……、これは……」

見るとそこには鉄格子があり、鍵《かぎ》が刺さったままの状態で扉が開いており、佐和子と一緒に中に入ると床には布団が敷かれていた。

牢屋のような部屋にあるのは、布団とティッシュの箱だけである。

空調もちゃんとしているので、黴《かび》っぽく湿った様子はなく、快適な温度が保たれていた。

「この部屋は……？」

「旧軍の施設の名残を改築したの。一度ここでしてみたいのよ」

訊くと佐和子が答えた。どうやら島にあった旧軍の要塞の上に、近代的な建物を建てたようだった。

もちろん壁は打ち放しで窓はなく、奥に二つのドアがあったが、その先を確認する暇もなく佐和子が彼を布団に横たえた。

純児が仰向けになると、佐和子が彼の両脚を浮かせ、尻の谷間を舐めはじめた。

チロチロと肛門に舌が這い、熱い鼻息が陰嚢をくすぐった。そしてヌルッと舌が潜り込むと、

「く……」

純児は呻き、思わず肛門で舌先を締め付けた。

そして戸惑いがちに萎えかけたペニスも、内部で舌が蠢くとムクムクと回復していった。

やがて佐和子は充分に中で舌を動かすと、脚を下ろして陰嚢にしゃぶり付き、二つの睾丸を転がしてから、前進して肉棒の裏側を舐め上げてきた。

滑らかな舌が先端まで来ると、彼女は幹を指で支えながら、粘液の滲む尿道口を舐

め回し、丸く開いた口でスッポリと喉の奥まで呑み込んでいった。

「ああ……」

純児は快感に喘ぎ、温かく濡れた美熟女の口腔に包まれ、唾液にまみれた幹をヒクヒクと震わせた。

「ンン……」

佐和子は深々と頬張って熱く鼻を鳴らし、幹を締め付けて吸い、股間に息を籠もらせながら執拗に舌をからめた。さらに顔を上下させ、スポスポと強烈な摩擦を繰り返したのだ。

「い、いきそう……」

急激に高まった純児が口走ると、すぐに彼女もスポンと口を引き離し、彼の上を前進してきた。そして股間に跨がると、唾液に濡れた先端に割れ目を押し付け、息を詰めて腰を沈めていった。

「アア……、いい気持ち……!」

ヌルヌルッと一気に受け入れた佐和子は、巨乳を揺すりながら顔を仰け反らせて喘ぎ、密着した股間をグリグリ擦り付けてきた。

純児も、温もりと締め付けに翻弄され、もう何も考えられず快感に専念した。

　やがて佐和子が身を重ねてきたので、彼も両手を回して抱き留め、両膝を立てて豊満な尻を支えた。やはり正常位よりも、重みと温もりを感じながら美女に組み敷かれる女上位の方が好きだった。

　佐和子も彼の肩に腕を回し、しっかりと肌の前面を密着させ、上から唇を重ねながら徐々に腰を動かしはじめた。

　舌をからめ、熱い息で鼻腔を湿らせながら彼もズンズンと股間を突き動かすと、

「ンンッ……」

　佐和子が熱く呻き、潤いと収縮を強めてきた。

　純児も、いったん動くと腰の突き上げが止まらなくなり、摩擦快感にジワジワと絶頂が迫ってきた。

「アア……、いきそうよ……」

　佐和子が口を離して喘ぎ、彼は熱く濃厚な白粉臭の吐息に酔いしれた。

「ああ、いい匂い。小さくなって身体ごと佐和子さんのお口に入ってみたい……」

「そう、それで？」

「細かく嚙んで飲み込んで欲しい」

「食べられたいの？」

「何だか、おなかの中で溶けて栄養にされたい」

「そう、いいわ」

佐和子は答え、彼の頬を咀嚼するように甘くキュッキュッと嚙んでくれた。

「ああ、気持ちいい……」

純児は高まって喘ぎ、佐和子も彼の両頰や鼻の頭、唇まで綺麗な歯並びを当てて刺激してくれた。顔中が生温かな唾液にまみれ、熱く濃厚な息の匂いに堪らず、彼は絶頂に達してしまった。

「い、いく……！」

快感に口走りながら、ありったけのザーメンをドクンドクンとほとばしらせると、

「き、気持ちいい、アアーッ……！」

噴出を感じた佐和子も声を上げ、ガクガクと狂おしく痙攣した。何やら上から下から全身が吸い込まれそうな快感に、彼は心置きなく最後の一滴まで出し尽くしていったのだった。

満足しながら突き上げを停めてグッタリと身を投げ出すと、

「ああ、良かったわ……」

佐和子も力を抜き、もたれかかりながら熱く囁いた。

まだ膣内の収縮が続き、ヒクヒクと幹が過敏に震え、純児は重みと温もりの中、かぐわしい吐息を嗅ぎながら余韻を味わったのだった。

重なったまま呼吸を調えると、やがて佐和子がノロノロと股間を引き離し、身を起こしていった。

そして荒い呼吸を繰り返している純児をそのままに、立ち上がった佐和子は自分だけ牢の外に出て、いきなり扉を閉めてしまったのである。

3

「えっ……、どうするんです……」

慌てて純児が起き上がり、鉄格子を両手で摑むと、施錠した佐和子は抜いた鍵を握って扉の前から一歩下がった。

「一晩の辛抱よ。朝、賀夜子さんがクルーザーで帰ったら出してあげるわ」

「だ、だって僕も大学に……」

「そんなの賀夜子さんが、代わりに休学願いを出しておいてくれるわ」

佐和子の言葉に、純児は不安に身を硬くした。牢屋から出られないという圧迫感も強く全身にのしかかった。

「ぼ、僕をいつまで島に監禁するんです……？」

「全員に飽きられるか、全員が妊娠するかのどちらかまで」

「そんなこと無理ですよ……」

純司は言ったが、佐和子は余裕の笑みを浮かべている。

「もっとも、そこまで身体が保《も》つかしら。いくら浪代さんの薬と、光枝さんの薬草によるる精力剤が入っていても限界があるでしょうし」

佐和子が言う。

どうやら、元ナースの浪代は何種類もの薬を確保し、光枝も調理だけでなく薬草の知識があって、彼の料理にだけ精力剤が入っていたのだろう。

そうでなければ、いかに若くて性欲が旺盛でも、毎日ここまで射精出来なかったかも知れない。

あるいは、島にはそうした薬草も豊富に自生しているのではないだろうか。

「でも、もし死んだら、みんなで食べてあげるわ。さっき言っていたでしょう。食べられたいって」

「でもそれは……」

純児は興奮による言葉の綾《あや》と言おうとしたが、佐和子の眼差《まなざ》しはどうにも本気らしいのだ。

実際、純児を探すものはいないだろう。今回の旅行のことも友人など誰にも言っていないし、実家にも、二泊三日を終えたら東京へそのまま戻ると伝えており、旅先のことも話していないのである。

まして携帯は通じないし、帰京した賀夜子が黙っていれば純児は永遠に行方不明ということになるだろう。

「そうだ、賀夜子さんが東京に戻ったら捜索隊を手配してくれるでしょう」

「無理ね、あの子も一族の本能からは逃れられないわ」

「一族って……」

純児は絶句した。

それぞれ結婚して快楽に目覚め、様々な運命でシングルになると、皆で集うようになり、しかも快楽を貪り尽くして衰弱死した男を食うという、カマキリのような習性を持った一族だというのだろうか。

「どちらにしろ朝には出してあげるから、じゃ、おやすみ」

佐和子は言い、鍵を握ったまま全裸で階段を上がっていってしまった。

一人残った純児は、扉の鉄格子を揺すってみたが、しっかり施錠されていてビクともしない。

嘆息して振り返り、奥に二つあるドアのうち一つを開けてみた。すると中は便器とシャワーがあるだけだった。そしてもう一つのドアノブを回してみたが、それは固く施錠されていた。

どうやら、完全に閉じ込められてしまったようだ。

旧軍の施設ということだが、流用したのはこの部屋だけで、鉄格子などは新しいので、最近になって設置されたものだろう。別に、敵の捕虜や反乱兵士を監禁する用途で作られたものではなさそうだ。

逆に、新しいから壊しようもないのだった。

隅々まで牢内を調べ、絶対に出られないと分かると、彼は布団に座り込んだ。

もう夜九時過ぎだろう。

賀夜子は明け方にクルーザーで発つと言っていたが、それまで八時間ばかり、誰かが来てくれなければ為《な》す術《すべ》もないのだ。

仕方なく、純児は布団に横になると、いつしかウトウトと眠り込んでしまったのだった……。

――どれぐらい眠ったのだろうか、ふと彼は物音に目を覚ました。

起き上がって見ると、何とパジャマ姿の賀夜子が来てくれたのである。

「大丈夫……？」

「賀夜子先生……」

声をかけられ、純児はまた鉄格子を両手で摑んだ。

すると、賀夜子は彼のリュックや靴を持ってきていた。格子の間から靴を差し入れたが、リュックは脹らんでいるので隙間を通らない。

鉄格子の幅は十センチ余りである。

賀夜子はリュックの中身の着替えを順々に出して隙間から差し入れ、最後に平たくなったリュックも中に押し込んできた。

そして鍵を一本持ってきていて、彼に手渡した。

「この鍵は？」

「奥のドアの鍵だわ。この扉の鍵は、佐和子さんが身に着けていて、どうしても奪えなかったの」

「そう……」

「その奥は地下道に通じていて、海岸の洞窟に出られるわ。そこから桟橋はすぐだから、夜明け前までにクルーザーに乗り込んで隠れていて」

「うん、分かった。有難う」

純児が希望に顔を輝かせると、賀夜子が格子越しに彼の股間を見て目を丸くした。

「勃ってるわ。すごい度胸ね」

「え……？」

言われて、彼も見ると確かにペニスは急角度にそそり立って砲口を賀夜子に向けている。

助かる希望の喜びと、目の前にいる大好きなお姉さんへの欲望とが相まって衝動勃起したのだろう。そしてこれも、精力剤による影響に違いない。

「いいわ、私も元気をもらいたいので」

賀夜子が言い、格子の隙間に顔を押し付けてきた。

純児も顔を寄せ、唇を重ねるとすぐにも彼女の舌が侵入してきた。チロチロと舐め合い、彼は唾液のヌメリと息の湿り気にゾクゾクと興奮を高めた。

「唾を出して」

囁くと、賀夜子も懸命に分泌させ、口移しにトロトロと大量の生温かな唾液を注いでくれた。

純児は小泡の多いシロップをすすり、うっとりと味わって飲み込んだ。不安に乾き気味だった喉に、清らかな美女の唾液が心地よく沁み込んできた。

長いディープキスを終えると、純児は彼女の開いた口に鼻を押し込み、大好きな花粉臭の刺激を含んだ吐息を胸いっぱいに嗅いで胸を満たした。

やがて顔を離すと賀夜子がパジャマの前を開き、形良い乳房を隙間から押し込んできた。

彼は嬉々として乳首に吸い付き、舌で転がしながら顔中で膨らみを味わった。

隣の隙間からはもう片方の乳房が押し込まれ、そちらの乳首も含んで舐めるうち、彼自身は我慢できないほどピンピンに突き立った。

「アソコも舐めたい」

口を離して言うと、賀夜子も下着ごとパジャマのズボンを脱ぎ去り、股間を隙間に押しつけてきた。

純児は屈み込んで、格子の隙間から柔らかな茂みに鼻を埋めて嗅いだが、湯上がりの匂いが微かに蒸れて感じるだけである。

舌を伸ばしても、真下の割れ目には届かなかった。

「お尻を押し付けて」

仕方なく言うと、賀夜子も向こうを向き、隙間に尻を押し付けてくれた。

弾力ある白い双丘が僅かに入り、彼は谷間の蕾に鼻を埋めたが、ここも残念ながら無臭である。

それでも舌を這わせて蕾を舐め、ヌルッと潜り込ませて滑らかな粘膜を味わうと、

「あう……」

賀夜子が呻き、キュッと肛門で彼の舌先を締め付けてきた。

そして気づくと、彼女は自ら割れ目に指を這わせ、受け入れるため濡らしているのだった。

興奮を高めた純児は身を起こし、隙間からペニスを突き出した。

すると向き直った賀夜子も床に膝を突き、幹を両手で挟んで先端にチロチロと舌を這わせてくれた。

格子に隔てられているため、何やら別世界からしゃぶられているような気がした。

賀夜子も張り詰めた亀頭をくわえ、可能な限り喉の奥まで呑み込み、幹を締め付け、頬をすぼめて吸い付いた。

「ああ、気持ちいい……」

純児は快感に喘ぎ、ズンズンと股間を前後させた。

監禁されている状態にもかかわらず、感じてしまうのは、やはり精力剤のなせる技だろうか。

「ンン……」

賀夜子も喉の奥を突かれて小さく呻き、やがて彼自身は温かな唾液にたっぷりとまみれた。

やがて彼女が口を離し、再び格子の隙間に尻を押し付けてきたので、純児も股間を突き出し、先端をバックから膣口に押し当て、ゆっくり挿入していったのだった。

4

「アアッ……、すごいわ、感じる……」

ヌルヌルッと根元までペニスを潜り込ませると、賀夜子が尻を格子に押し付けながら熱く喘いだ。やはり二人の間に鉄格子があるから、普段とは違う感触や興奮があるのだろう。

純児も隙間から両手を伸ばして彼女の尻を抱え、肉襞の摩擦と温もり、潤いと締め付けを堪能した。

彼女が精いっぱい尻を押し付けているし、彼も股間を突き出しているので、間の鉄格子が気にならないほど深く密着できた。

賀夜子は尻を押し付けたまま身を固定しているので、彼が腰を突き動かしはじめると、最初はぎこちなかったが、次第に滑らかでリズミカルに律動できるようになっていった。

「アアッ……、いい気持ち……」

賀夜子が喘ぎ、潤いと収縮を増して息を弾ませていた。

純児も股間をぶつけるように動いたが、物音が響かないか心配になったものの、あまりに頑丈に出来ているので憎いほど軋む音はしなかった。

彼も急激に高まり、鉄格子に隔てられたまま激しく昇り詰めてしまった。

バックで、しかも中腰のまま果てるのは初めてのことである。

「く……！」

絶頂の快感に呻きながら、ドクンドクンと熱いザーメンを注入すると、

「あ、熱いわ、いく……！」

噴出を受け止めた賀夜子も声を上げ、背を反らせながらガクガクと身を震わせてオルガスムスに達したようだった。彼は立っていられないほどの快感に膝を震わせ、心

置きなく最後の一滴まで出し尽くした。

満足しながら動きを弱めていくと、賀夜子も尻を押し付けた前屈みのまま荒い呼吸を繰り返していた。

まだ膣内が収縮を続け、刺激された幹が中で過敏にヒクヒクと震えた。

「も、もうダメ……」

とうとう賀夜子が、尻を押し付けていられなくなったように言い、がっくりと膝を突いてしまった。同時にヌルッとペニスが抜け、彼も格子に摑まりながら膝を突いた。

すると賀夜子が向き直り、隙間からペニスにしゃぶり付いてくれたのだ。

愛液とザーメンにまみれた亀頭を舐め回し、まるで貪欲に冒険の前の元気を吸収しているようだった。

「も、もういい、有難う……」

純児が言い、ようやく賀夜子も口を離すと、二人は鉄格子を間にしてぺたりと座り込んだ。

「顔を寄せて……」

純児が言うと賀夜子も格子の隙間から顔を突き出し、彼は熱く甘い吐息を間近に嗅ぎながら、うっとりと快感の余韻を味わったのだった。

やがて呼吸を調えると、賀夜子が格子に摑まりながら身を起こし、乱れたパジャマ上下を調えた。

「じゃ私は戻るわ。前もってクルーザーで待ってて」

「うん、分かりました。どうも有難う」

彼が答え、全裸のまま賀夜子を見送った。

彼女の足音が消え、一階のドアが閉まる音を聞いてから純児は溜息をついた。

そして純児はトイレで用を足し、ティッシュでペニスを拭ってから身繕いをした。

トランクスにシャツに靴下、そしてズボンと上着を着て、余ったものはリュックに収めた。スニーカーを履き、財布とスマホを確認した。

通信は出来ないが、表示を見ると午前四時。思ったより眠ったようだった。

間もなく夜明けも近いだろう。

賀夜子も、もう寝ることなく着替え、帰京の仕度をしているだろうし、光枝などはそろそろ起き出すかも知れない。

純児は布団に戻り、鉄格子から死角になっている方の敷き布団を折り曲げ、上から布団を掛け、眠っているような膨らみを作ってからリュックを背負った。

そして賀夜子から渡された鍵を、奥のドアにある鍵穴に差し込んだ。

これで開かなければ全て終わりだが、回すと難なく解錠された。

純児は胸を高鳴らせ、深呼吸しながらドアを開けて中に入った。

暗いのでスマホの灯りで見回すと、壁にスイッチがあり、点けると廊下が明るく照らされた。

そこは、さらに下への階段が続いていた。

純児は、閉めたドアを外から施錠し、鍵を差し込んだまま階段を下りていった。

下まで降りると、そこはコンクリートの殺風景な通路があるばかりだ。

ふと壁を見ると、今は使われていない古びた配電盤があり、表面には碇《いかり》のマークが刻印されていた。

してみると、この島の要塞は旧陸軍ではなく、旧海軍の管轄だったようだ。

上下左右は打ちっ放しで崩れかけたコンクリートだが、天井の灯りは新しいものがずっと続いている。

たまに壁から地下水が滲み、床も濡れているが、スニーカーを履いているので滑るようなこともない。進むのに恐くはなく、早く賀夜子のクルーザーに辿り着きたい一心だった。

少々曲がりくねりながら狭い通路を進んでいくと、やがて微かな波の音と潮の香りが感じられてきた。

そして彼方が明るくなってきたのだ。

ようやく通路を抜け出すと、そこは桃尻島の南側の窪みの部分、桟橋の脇にあった横長の楕円形の洞窟の中のようだ。

水平線が見え、空が薄明るくなっているので夜明けが近いのだろう。下は波打ち際で白い泡が立ち、間断なく潮騒が聞こえている。

ふと、海の中から線路のようなものが延びているので、純児は振り返ってみて目を丸くした。

「え……、こ、これは……？」

何と、そこには異様な物が置かれていたのである。

「ゼ、ゼロ戦……、いや、二式水戦……？」

彼は目を凝らして見た。

何しろ純児は幼い頃からプラモデルのマニアで、特に旧日本海軍の機種は大体作っていたのである。

そこにあったのは、フロートを付けた旧海軍の二式水上戦闘機であった。

機体は零式艦上戦闘機一一型。車輪ではなく、機体の下面に大きなフロート、二枚の主翼の下には小さな補助フロートが取り付けられている。

機体は濃緑色で、白ブチの日の丸の色が褪《あ》せている。翼の下面やフロートは明灰白色、カウリングは黒で、三枚のプロペラが静止していた。

フロートの下面には線路に乗った台座があり、太い鎖で固定されていた。

あまりに思いがけないものを見て、純児はガクガクと全身を震わせていた。

これが博物館の展示物であれば、コックピットの中も覗いてみたいと思っただろうが、今は恐ろしさを感じて近づけない。

別に操縦席に、当時の搭乗員の白骨があるわけでもないだろうが、長い時の流れの中で眠っている幽霊でも見たような気持ちだった。

ふと見ると、洞窟内部から外に向けての狭い木の通路が出来ていた。

これで桟橋に行けるのだろう。

純児は水上戦闘機をスマホで写すことも思い付かず、とにかく木の通路で外に向かって歩き出した。

波に洗われた通路は濡れているが、特に腐って割れるような心配もなさそうだ。

それでも滑らないよう気をつけながら、純児は恐る恐る洞窟の外に出た。

すると目の前の桟橋に、大型と小型のクルーザーが停泊し、優雅な姿で波に揺られていた。

そっと建物の方を見ると、もう一階の灯りが点いているので、光枝が食事の仕度をしているのだろう。

東の空もだいぶ明るくなってきたので、もう間もなく曙光《しょこう》が射すかも知れない。

純児は、建物から見られないように身を屈めながら、それでも足早に栈橋へと移動していった。

そして賀夜子の小型クルーザーまで来ると飛び移り、施錠されていない扉から中に入った。そろそろと窓から建物の方を窺うが、距離もあるし、特に騒然となった様子もないので気づかれなかったのだろう。

純児は寝室に下り、隠れ場所を探した。

シャワールームで立ったまま待つのも辛いが、クローゼットは人が入れるほどの大きさはない。

ふと見ると、寝室のベッドの下に寝そべるぐらいの隙間があったので、彼はリュックを降ろして押し込み、そこに潜り込んで横になった。

これで一安心である。あとは無事に賀夜子が来るのを待ち、出航さえしてしまえば大丈夫だろう。

もちろん横になっていても、もう眠気はなかった。狭い中でじっとしている圧迫感に目が冴え、それでも牢屋の中よりずっとマシだと思った。

そして純児がじっと待っているうち、間もなく栈橋からの足音と人の声が聞こえてきたのである。

彼は全身を硬直させ、全神経を耳に集中させて様子を窺ったのだった。

5

「じゃ行くわ。どうせまたすぐ遊びに来るし」

「ええ」

確かに、賀夜子と桃子の声だと純児は思った。

来た時のように、佐和子は建物の中にいて、浪代と光枝が玄関で見送り、栈橋まで来たのは桃子だけらしい。

やがて舫《もや》いを解いて乗り込む物音と同時に、船が少し揺れた。

そして焦れる思いで待つうち、ようやくエンジン音がかかり、寝そべる彼の全身にも雄々しい振動が伝わってきた。

さらに船が揺れ、ザザーッと波を掻き分ける音が聞こえてきたので、どうやら無事に島から出航したようである。

純児は横になったまま、ほっとして太い息を吐いた。

このままクルーザーは島の南側を迂回し、本土に向けて北上するのだ。

出航したとなれば、佐和子はすぐにも地下室に下りて純児の様子を見に行ったことだろう。

すでに彼が抜け出したことは気づかれているに違いないが、もうクルーザーは海の上だ。

やがて、ずいぶん進んだと思われる頃、ようやく純児はそろそろとベッドの下から這い出していった。

どうせ賀夜子は、しばらくは操縦で手が離せないだろう。

すると階段を下りてくる足音がしたので、彼は顔を上げた。

「わあ、やっぱりベッドの下に隠れていたのね」

声と顔に彼は驚いた。賀夜子かと思ったら、来たのは桃子だったのである。

「も、桃ちゃん……、どうして船に……」

「ママに許しをもらって、私も東京見物に行くことにしたのよ」

身を起こして訊くと、桃子が笑窪を浮かべて答えた。

純児が階段を上って操縦席を覗き込んでみると、進路を北に取った賀夜子が微笑みかけてきた。

どうやら乗ってきたのは賀夜子と桃子だけのようで、とにかく純児もほっとしたのだった。

「そう、じゃ二人だけは、僕の脱出に協力してくれたんだね」

「ええ、とにかく朝ご飯にしましょう」

桃子が言い、賀夜子の隣に握り飯とペットボトルのお茶だけ置くと、リビングに下りていった。

ちょうど東の水平線に日が昇りはじめた。

明るくなると同時の出航だったため、賀夜子は島では朝食を取らず、桃子が持ってきたようだった。

純児も、ほっとすると同時に空腹を覚え、桃子と一緒に握り飯を頬張った。

と、その時である。

「来て！」

上から賀夜子が呼んでいた。

切迫した声に、何事かと純児と桃子は急いで上へと上がっていった。

デッキに出てみると南から爆音が聞こえ、目を凝らすと、何とフロートの付いた水上戦闘機がクルーザーを追ってきているではないか。

「に、二式水戦……、まさか……」

「ママだわ」

彼が呟くと、桃子も朝日に手をかざし、眼を細めて言った。

確かに、元航空自衛隊の幹部パイロットなら旧式の戦闘機ぐらい難なく操縦できるのかも知れない。

それにしても、飛べるように整備され、ガソリンも積んでいたとは驚きである。

「攻撃されたりしないかな……」

「それは絶対ないわ。私や賀夜子さんが乗っているんだし、それに機銃弾なんてないはずよ」

話しているうちに、早くもクルーザーの近くに機体が迫ってきた。

低空で横に並ぶと二式水戦の風防が開き、佐和子が顔を見せた。

しかし目には防塵ゴーグルを付け、口にもマフラーを巻いているので表情は分からない。

そのまま機体はクルーザーの前を横切り、グオーンと爆音を立てて急旋回した。

思わず純児は肩をすくめたが、やがて機体はUターンし、バタバタと旧式のエンジン音を響かせて機影を遠ざけ、僅かに主翼を左右にバンクさせた。

やはり島の多い北の地域に来て、他の人に二式水戦の機体を見られるのを憚《はばか》ったのだろう。

とにかく佐和子は純児が乗っていることだけ確認し、諦めて引き返したようだから彼も安心したものだった。

「見送りに来ただけのようね」

操縦席から賀夜子が言う。

「ううん、私をよろしくって言ったのよ」

桃子も、すでに機体の見えなくなった空を眺めて言った。

「いや、僕には、また催したらいつでも来なさい、って言ったように思えた……」

純児は答え、爆音も聞こえなくなると、また桃子とリビングに下りて朝食の続きをした。

光枝の手作りらしい、海苔の巻かれた握り飯が何個かあり、中身は鮭や梅干し、昆布などだった。もう、これには精力剤などは入れられていないだろう。

「誰が一番好みだった？」

茶を飲みながら桃子が訊いてくる。

「みんな違って、みんな良かった」

純児も、ようやく余裕を取り戻して答えた。

「そう、あのまま全員とやりまくって、純児さんが衰弱死したら、私もほんの少しだけ純児さんのお肉を食べてみたかったな」

桃子が愛くるしい笑窪を浮かべ、無邪気にそんな妄想を言うと、純児の股間が疼いた。島で聞いたら震え上がったが、無事に脱出できたので興奮だけが湧いてきたのだ。

「どんなふうに？」

「浪代さんが解体して、光枝さんが調理するのよ。きっと、一本しかないペニスは取り合いになるわね」

桃子が目をキラキラさせて言う。

純児への愛情や執着より、快楽の道具か食べ物と思っていることに彼は激しく勃起してしまった。

やがて食事を終え、茶を飲むと純児はすっかりその気になってしまった。

何しろ、湘南に着くのは昼頃だろうから、これから七時間ばかりは海の上の密室なのである。

「ね、してもいい？」

彼がベッドに近づいて言うと、桃子も頷いて立ち上がり、ためらいなく脱ぎはじめてくれた。

行きと違い、帰りは周囲に島や船も増えるだろうから賀夜子もしばらくは操縦席から離れられないだろう。

たちまち互いに全裸になると、純児はベッドに仰向けになった。

「ここに座って、脚を伸ばしてね」

純児が自分の下腹を指して言うと、桃子も跨がり、遠慮なく座り込んできた。

彼は両膝を立てて桃子を寄りかからせ、両足首を摑んで顔に引き寄せた。

「あん……」

彼女が声を洩らし、バランスを取ろうとするたび、湿り気を帯びた割れ目が心地よく下腹に押し付けられた。

美少女の両足の裏を顔に受け止めると、彼は桃子の全体重を受けて興奮を高め、急角度に勃起したペニスでトントンと彼女の腰をノックした。

彼は桃子の足裏を舐め、可愛らしく揃った左右の足指にも鼻を埋め込んで匂いを貪った。

指の股は汗と脂に湿り、蒸れた匂いが沁み付き、悩ましく鼻腔を刺激してきた。

純児は爪先にしゃぶり付き、順々に全ての指の間に舌を割り込ませて味わうと、

「ああッ……、くすぐったくて、いい気持ち……」

桃子が熱く喘ぎ、彼の下腹で腰をくねらせた。密着する割れ目の潤いが、徐々に増してくる様子も艶めかしく伝わってきた。

彼女も、部屋でなく船の中ということと、東京へ行く喜びで、相当に感じやすくなっているようだった。

やがて両足とも味と匂いを貪り尽くすと、彼は桃子の手を引いて前進させた。

彼女も心得たように腰を浮かせ、純児の顔の左右に脚を置いてしゃがみ込み、脚をM字にさせて割れ目を迫らせてきた。

真下から見ると、ぷっくりした割れ目からはみ出すピンクの花びらが、蜜を宿してヌラヌラと熱く潤っていた。

楚々とした恥毛がが彼の息に震え、指で陰唇を広げると、ポツンとした尿道口と襞の入り組む膣口が妖しく息づいていた。

綺麗な光沢を放つ小粒のクリトリスが包皮を押し上げ、愛撫を待つようにツンと突

き立っている。

腰を抱き寄せ、柔らかな若草の丘に鼻を埋め込んで、籠もる熱気と湿り気を嗅ぐと、生ぬるく蒸れた汗とオシッコの匂い、それに淡いチーズ臭も混じって彼の鼻腔を悩ましく掻き回してきた。

純児は美少女の匂いに酔いしれ、胸を満たしながら舌を這わせていった。

陰唇の内側に舌を潜り込ませ、淡い酸味のヌメリを掻き回し、息づく膣口を探ってから、ゆっくりとクリトリスまで舐め上げていった。

第六章　快楽の渦に蕩けて

1

「アアッ……、いい気持ち……！」

桃子が声を震わせて喘ぎ、ギュッと純児の顔に座り込んできた。

彼は心地よい窒息感に噎せ返りながら顔中に割れ目を受け止め、チロチロと舌先で弾くようにクリトリスを刺激しては、トロトロと生温かく漏れてくる清らかな蜜汁をすすった。

そして味と匂いを貪り尽くすと、純児は桃子の尻の真下に潜り込み、顔中に双丘を受け止めながら谷間の蕾に鼻を埋め込んだ。

可憐な薄桃色の蕾に籠もる蒸れた匂いを貪り、チロチロと舌を這わせて襞を濡らすと、ヌルッと潜り込ませて滑らかな粘膜を味わった。

「あう……」

桃子が呻き、モグモグと肛門で舌先を締め付けてきた。

純児は中で舌を蠢かせてから、再び愛液が大洪水になっている割れ目に戻り、ヌメリをすってクリトリスに吸い付いた。

「も、もうダメ、いきそうよ……」

桃子が腰をくねらせて言い、自分から股間を引き離してしまった。

移動して彼を大股開きにさせると、彼女は腹這いになって顔を寄せてきた。

まず陰嚢に舌を這わせ、股間に熱い息を籠もらせながら睾丸を転がし、温かな唾液で袋をまみれさせた。

愛撫をせがむように勃起した幹が上下に震えると、桃子も前進し、肉棒の裏側を美味しそうにゆっくり舐め上げてきた。

滑らかな舌が先端に来ると、粘液の滲む尿道口を舐め回し、張り詰めた亀頭をくわえて、スッポリと喉の奥まで呑み込んでいった。

「ああ、気持ちいい……」

純児は、島を脱出した安堵感で、快感を倍加させて喘いだ。

「ンン……」

桃子は先端が喉の奥に触れるほど含んで呻き、たっぷりと温かな唾液を溢れさせてペニスを浸した。そして熱い鼻息で恥毛をそよがせ、口の中ではクチュクチュと満遍なく舌がからみついた。

もちろん彼女は愛撫ではなく、唾液に濡らしているだけなので、充分にペニスが濡れると、チュパッと口を離して顔を上げた。

「いい？」

「うん、跨いで……」

答えると、すぐにも桃子は前進し、彼の股間に跨がってきた。

割れ目を先端に擦り付け、位置を定めると息を詰めてゆっくり腰を沈み込ませた。

張り詰めた亀頭が潜り込むと、あとは潤いと重みでヌルヌルッと滑らかに根元まで呑み込まれていった。

「アアッ……！」

桃子がぺたりと座り込んで喘ぎ、キュッキュッと味わうように締め上げた。

純児も肉襞の摩擦と潤い、熱いほどの温もりに包まれて快感を噛み締め、両手を伸ばして彼女を抱き寄せた。

桃子が身を重ねてきたので、まだ動かず、彼は潜り込んで可憐な乳首に吸い付き、舌で転がした。

もう片方も含んで顔中で膨らみを味わい、充分に舐め回すと、彼はジットリ湿った腋の下にも潜り込み、甘ったるい汗の匂いで鼻腔を満たした。

すると桃子が徐々に腰を動かしはじめ、溢れる蜜で律動を滑らかにさせた。

純児も下から両手を回し、膝を立てて尻を支えながらズンズンと股間を突き上げはじめた。

たちまち二人の動きがリズミカルに一致し、ピチャクチャと湿った摩擦音が響き、溢れる愛液が彼の陰嚢から肛門まで生温かく濡らしてきた。

動きながら顔を引き寄せ、ピッタリと唇を重ねて舌を挿し入れた。

滑らかな歯並びを舌先で左右にたどると、彼女も口を開いてチロチロと舌をからませた。

そして彼が好むのを知っているので、トロトロと唾液を注ぎ込んでくれたのだ。

純児は温かく小泡の多い唾液を味わい、うっとりと喉を潤しながら突き上げを強めていった。

「嚙んで……」

純児が言うと、桃子は綺麗な歯並びで彼の唇をキュッキュッと噛み、その刺激に彼の快感と興奮が高まった。

さらに桃子は彼の両頰や鼻にも甘く歯を立て、時に舌も這わせるので、彼の顔中が清らかな唾液にヌルヌルとまみれた。

「ああ、いい気持ち、いきそうよ……」

桃子が口を離して喘ぎ、収縮と潤いを増した。

純児は美少女の口に鼻を押し込み、食後で濃厚になった甘酸っぱい果実臭の息を胸いっぱいに嗅ぎ、自分も高まりながら突き上げ続けた。

すると先に桃子がガクガクと狂おしい痙攣を開始したのだ。

「い、いっちゃう……、アアーッ……！」

彼女が声を上ずらせ、収縮が増すと純児もたちまち絶頂の快感に全身を貫かれてしまった。

「い、いく……！」

彼は口走り、熱いザーメンをドクンドクンと勢いよくほとばしらせた。

「あう、もっと……」

噴出を感じた桃子が呻き、悶えながら吸い込むような締め付けを繰り返した。

純児は美少女のオルガスムスの波を全身で受け止め、快感のなか、心置きなく最後の一滴まで出し尽くしていった。

徐々に突き上げを弱めて力を抜いていくと、

「ああ……、船でしたの初めて……」

桃子も満足げに声を洩らし、グッタリともたれかかってきた。

純児は重みを受け止め、息づく膣内でヒクヒクと過敏に幹を震わせた。

そして美少女の濃厚に甘酸っぱい吐息で鼻腔を満たし、うっとりと快感の余韻を味わったのだった。

重なったまま互いに荒い呼吸を調えると、やがて彼女が股間を引き離し、枕元のティッシュを取るとゴロリと添い寝した。割れ目を拭いながら、身を寄せてきたので彼は腕枕してやった。

「眠いわ……」

桃子が言い、横から温もりを伝えながら目を閉じた。

今朝はクルーザーに乗るため早起きし、昨夜はゲームで夜更かしなどもしなかったようだが、やはり普段と違うサイクルで、あまり眠れなかったのかも知れない。

間もなく桃子が、軽やかな寝息を立てはじめた。

純児は腕にかかる重みが嬉しく、少々痺れそうだが我慢してじっとしていた。

すると波の揺れと規則正しいエンジンの振動が心地よく、彼も少しウトウトしてしまった。

どれぐらい眠ったか、間もなく賀夜子の声で彼は目を覚ました。

「桃ちゃん、見張りを交代して」

「うん……」

起こされた桃子は答え、目を擦って身を起こすと、手早く服を着て階段を上がっていった。操縦席に座り、周囲や前方を見ているだけなのだろうが、しばらくは自動操縦で問題ないようだ。

すると賀夜子も服を脱ぎ去り、全裸にメガネだけかけてベッドに上ってきた。

そして全裸で仰向けのままの彼の股間に屈み込み、先端に鼻を押し付けた。

「ザーメンと、桃ちゃんの匂い……」

賀夜子は囁き、パクッと亀頭を含んで舌をからめてきた。

「ああ……」

純児は唐突な快感に喘ぎ、寝起きの朝立ちも手伝い、たちまち彼自身は賀夜子の口の中でムクムクと勃起していった。

やはり相手が変わると一瞬で気怠《けだる》さも吹き飛び、全霊で新たな美女に専念してしまうようだ。

だから精力剤など混入されなくても、彼は美女の匂いと体液さえあれば、いつでも回復できそうな気がした。

彼の勃起を悦ぶように賀夜子が熱い息を股間に籠もらせ、スポスポと濡れた口で強烈な摩擦をしてくれた。たちまちペニスは温かな唾液に濡れ、完全に元の大きさを取り戻した。

スポンと口を離すと陰嚢を舐め回して睾丸を転がし、さらに彼の両脚を浮かせて尻の谷間にも舌を這わせてくれた。チロチロと舌先が肛門に這い回り、ヌルッと潜り込むと、

「あう……」

純児は快感に呻き、美女の舌先を肛門でキュッと締め付けた。

賀夜子も充分に舌を蠢かせ、ようやく脚を下ろすと再び前進してペニスにしゃぶり付いてきた。

長い髪がサラリと股間を覆い、中に熱い息が籠もり、メガネ美女は深々と呑み込んで吸い付き、執拗に舌をからめてきた。

純児もズンズンと股間を突き上げ、リズミカルな摩擦の中でジワジワと絶頂を迫らせていった。

「アア、いきそう……」

彼が警告を発すると、賀夜子もスポンと口を離し、身を起こしていった。

2

「いいわ、してほしいこと言って」

「か、顔に足を……」

賀夜子に言われ、純児は唾液に濡れた幹を震わせて答えた。

すると彼女もすぐ立ち上がり、彼の顔の横にスックと立った。そして壁に手を付いて体を支え、片方の足を浮かせて純児の顔に乗せた。

「ああ……」

純児は快感に喘ぎ、美女の足裏を顔中で感じながら舌を這わせた。

形良く揃った足指の間に鼻を押し付けると、桃子より蒸れた匂いが濃く沁み付いていた。

彼はムレムレの匂いを貪り、鼻腔を刺激されながら舌を割り込ませ、汗と脂の湿り気を味わった。

「あう、いい気持ち……」

賀夜子が指を蠢かせて言い、しゃぶりながら見上げると、割れ目から溢れた愛液が内腿に糸を引いているのが見えた。

足を交代してもらい、新鮮な味と匂いを堪能し尽くすと、言うまでもなく賀夜子は自分から彼の顔に跨がり、和式トイレスタイルでしゃがみ込んでくれた。

スラリとした長い脚がM字になると、脹ら脛と内腿がムッチリと張り詰めて量感を増し、濡れた割れ目が鼻先に迫ってきた。

腰を抱き寄せ、茂みに鼻を擦りつけて嗅ぐと、汗とオシッコの匂いが蒸れて沁み付き、悩ましく鼻腔を刺激してきた。

思えば、この賀夜子と来る時の船中でしたのが初体験であった。

純児は美女の蒸れた匂いを貪りながら舌を挿し入れ、濡れて息づく膣口の襞をクチュクチュ掻き回し、柔肉をたどって味わいながら、ゆっくりとクリトリスまで舐め上げていった。

「アア……、そこ……」

賀夜子が熱く喘ぎ、執拗にクリトリスを彼の口に擦りつけてきた。

舌を這わせて吸い付くと、潤いが増して滴り、彼の顎をヌラヌラと愛液にまみれさせた。

純児は味と匂いを心ゆくまで堪能し、桃子にもしたように尻の真下へと潜り込んでいった。

豊かで張りのある双丘が顔中に心地よく密着し、谷間の蕾に鼻を埋めると、やはり蒸れた匂いが沁み付いて鼻腔が刺激された。

舌を這わせてヌルッと潜り込ませると、

「く……」

賀夜子が呻き、キュッと肛門で舌先が締め付けられた。

純児は滑らかな粘膜を舐め、淡く甘苦い味わいを貪った。

「も、もういいわ、入れたいので……」

やがて前も後ろも舐められた賀夜子が言って身を起こし、再び彼の股間に顔を移動させた。

そして亀頭を含んで舌をからめ、唾液の潤いを補充してから顔を上げ、彼の股間に跨がってきた。

二人を相手に、彼はずっと仰向けのままだから楽なものである。別に横着しているつもりはないが、彼と同じぐらい女性たちも上になるのが好きなようだった。

割れ目を押し当て、彼女が腰を沈めてくると、ペニスはヌルヌルッと滑らかに根元まで嵌《は》まり込んでいった。

船内には賀夜子と桃子の二人がいるが3Pにならず、一人ずつジックリ味わえるのもまた贅沢だった。

しかも今日の未明では、間に鉄格子を挟んで立ったまま挿入射精したのだから、こうしてベッドで交わる幸せも嚙み締めることが出来た。

ピッタリと股間を密着させると、賀夜子は顔を仰け反らせて喘ぎ、グリグリと腰を動かしてから身を重ねてきた。

「アアッ……、いいわ……」

純児も、締め付けと潤いを感じながら両手を回して抱き留め、膝を立てて弾力ある尻を支えた。

すると賀夜子が自分から、愛撫を求めるように彼の顔に胸を突き出してきた。

純児も乳首に吸い付いて舌を這わせ、左右交互に味わった。

さらに生ぬるく湿った腋の下にも鼻を埋め、甘ったるい汗の匂いでうっとりと鼻腔を満たした。

徐々に股間を突き上げはじめると、

「アア……、いい気持ち……」

賀夜子が喘ぎ、合わせて腰を動かしはじめていった。

溢れる愛液で動きが滑らかになり、クチュクチュと摩擦音が聞こえて互いの動きが一致した。

動きながら下から唇を求めると、賀夜子もピッタリと重ねてくれ、互いに舌を舐め合った。彼女も桃子のように、ことさら多めの唾液をトロトロと口移しに注ぎ込んでくれた。

純児はうっとりと味わい、美女の唾液で喉を潤した。

そして突き上げを強めるうち、鼻腔を湿らす息遣いが激しくなってレンズが曇り、やがて唾液の糸を引いて唇が離れた。

「アア……、すごいわ、いきそうよ……」

賀夜子が息を震わせ、収縮を強めてきた。

「下の歯を、僕の鼻の下に当てて」

せがむと、彼女も下の綺麗な歯並びを彼の鼻の下に引っかけ、大きく開いた口で鼻を覆ってくれた。

胸いっぱいに嗅ぐと熱気と湿り気が鼻腔を満たし、彼女本来の甘い花粉臭に混じり、ほのかに食後のプラーク臭も艶めかしい刺激を含んで鼻腔を掻き回してきた。

「いい匂い……」

純児はうっとりと酔いしれながら言い、本当にこの美女に口から食べられたいと思ったものだった。

熱くかぐわしい吐息を嗅ぎながら突き上げを続けると、心地よい摩擦と締め付けで、ひとたまりもなく彼は昇り詰めてしまった。

「い、いく、気持ちいい……！」

純児が絶頂の快感に貫かれて口走ると、ありったけの熱いザーメンがドクンドクンと勢いよくほとばしった。

「いいわ……、アアーッ……！」

奥深い部分に噴出を感じた賀夜子も声を上げ、ガクガクと狂おしいオルガスムスの痙攣を開始した。

収縮に巻き込まれ、さらに大きな快感を得ながら純児は身悶え、心置きなく最後の一滴まで出し尽くしていった。

「ああ……」

深い満足感の中で声を洩らし、動きを停めた純児はグッタリと身を投げ出していった。賀夜子も力を抜いて遠慮なく体重を預けてきたが、まだ膣内は名残惜しげな収縮が続いていた。

純児は彼女の重みを受け止めながら、ヒクヒクと過敏に幹を震わせた。

「あう、もうダメ……」

賀夜子も敏感になっているように呻き、キュッときつく締め上げた。

彼は賀夜子の熱くかぐわしい吐息を嗅ぎながら、うっとりと快感の余韻に浸り込んでいった。

重なって呼吸を調えたが、やはり操縦席が気になるのか、いくらも休憩しないうちに賀夜子は身を起こし、股間を引き離した。

ティッシュで手早く割れ目を拭って起き上がり、階段の下から上の桃子へ声をかけた。

「桃ちゃん、異常はない？」

「ええ、海の他は何も見えないわ」

「もう少ししたら行くので」

賀夜子は桃子に言い、引き返してシャワールームに入ったので、純児もベッドを下りて一緒に入った。

狭いがシャワーの湯で互いの身体を流すと、また彼自身は回復してきた。

体内に残る精力剤が、最後の効果を発揮したのかも知れない。

やはり旅の終わりが名残惜しく、せめてあと一回、この旅のうちに射精したい気になってしまった。

もう航路も半分を過ぎた頃合いだろうし、東京に戻ったらまた味気ない日々が待っているかも知れない。まあ賀夜子は東京でもさせてくれるだろうし、桃子も東京にいる間は会ってくれるだろう。

それでも船旅の最後に、もう一回だけ快感を得たかった。

「ね、勃《た》っちゃった……」

突き立ったペニスを見せ、甘えるように言ったが、

「もう私は交代しないと」

賀夜子はチラと見ただけで答えた。

「じゃせめてオシッコ出して」

床に座って言うと、賀夜子も立ったまま股間を突き出し、彼の顔に迫らせた。

割れ目に顔を埋め、匂いの薄れた温もりを嗅ぎながら舐め回すと、奥の柔肉が妖しく蠢いた。

「あう、出るわ……」

賀夜子が言うなり、チョロチョロと熱い流れがほとばしってきた。純児は口に受けて味わい、溢れる流れを肌に浴びてうっとりと酔いしれた。

何口か喉を潤したが、間もなく流れがおさまると、賀夜子は彼が舐める前に割れ目を引き離し、もう一度シャワーを浴びてから身体を拭いてしまった。

3

「続きは桃ちゃんにしてもらってね」

手早く服を着た賀夜子が言い、シャワールームを出て階段を上がると、入れ替わりにすぐ桃子が下りてきた。

「私も入るわ。さっき浴びていないし」

桃子は服を脱ぎ去ると、まだ純児のいるシャワールームに入ってきた。

「じゃ桃ちゃんもオシッコ出してね」

彼は座ったまま言い、立っている桃子の股間に顔を埋めた。やはり洗い流す前に、可愛い匂いを嗅いでおきたかったのだ。

若草に鼻を擦りつけ、美少女の体臭に噎せ返りながら舌を這わせると、すぐにも新たな蜜が溢れてきた。

「あん、すぐ出そうよ……」

桃子が腰をくねらせて言うので、返事の代わりにクリトリスを吸い、割れ目内部を舐め回すと柔肉が迫り出すように盛り上がった。

「あう、出る……」

桃子が言うなりチョロチョロと熱い流れがほとばしった。淡い味と匂いを堪能して喉を潤したが、あまり溜まっていなかったのか、賀夜子の半分ほどの量で流れはおさまってしまった。

余りの雫をすすってクリトリスを舐め回すと、

「あう、ベッドで待ってて……」

やはり狭い中では落ち着かないのか、桃子がむずがるように身じろいだので、彼もシャワーを浴びてから先に出た。

身体を拭き、全裸でベッドに仰向けになっていると、間もなく彼女も身体を拭きながらシャワールームから出てきた。

「お口でもいいかしら？　中でいくのはさっきので充分なので」

「うん、じゃいきそうになるまで指でして」

桃子が言うので彼は答え、とにかく添い寝してもらった。

彼女も昼に湘南に着いたら、東京に出てあちこち回るためエネルギーを貯えておきたいのだろう。

そしてペニスを指でニギニギと愛撫してもらいながら、彼は美少女と舌をからめ、清らかな唾液を飲み、甘酸っぱい吐息で鼻腔を満たした。

「私、飲むの好きよ。純児さんの生きた精子を胃の中で溶かして、吸収して栄養にするのが」

桃子が愛撫しながら、果実臭の吐息で囁いた。

純児は、この美少女にも食べられても良いと思い、快感を高めていった。

そして桃子の唾液と吐息を充分に堪能すると、

「いきそう……」

彼は言い、すぐに桃子も移動して股間に顔を寄せてきた。

「ここも舐めてね」

純児は脚を浮かせて尻を突き出し、両手で双丘をグイッと広げてせがんだ。

すると桃子も嫌がらず、すぐにも舌を伸ばしチロチロと肛門を舐め回してくれた。

熱い鼻息が陰嚢をくすぐり、彼女の舌先がヌルッと潜り込むと、

「あう、気持ちいい……」

純児は快感に呻き、モグモグと味わうように肛門で美少女の舌を締め付けた。

中で舌が蠢くたび、完全に勃起したペニスが内側から刺激されてヒクヒクと上下し、尿道口から粘液が滲んだ。

純児が脚を下ろすと、桃子も自然に舌を引き離し、鼻先にある陰嚢の縫い目を舌でたどり、そのまま肉棒の裏側を舐め上げてきた。

先端まで来ると濡れた尿道口を舐め、張り詰めた亀頭を含んで、たぐるようにモグモグと喉の奥まで呑み込んでいった。

「アア……」

純児は快感に喘ぎ、美少女の口の中で幹をヒクつかせた。

「ンン……」

桃子も深々と頬張って呻き、幹を締め付けて吸い、熱い息を股間に籠もらせながら口の中ではクチュクチュと舌を蠢かせてきた。

そして彼がズンズンと股間を突き上げると、桃子も顔全体を上下させ、濡れた口でスポスポと摩擦してくれた。

「ああ、いきそう……」

純児はすぐにも高まって喘いだ。

やはり賀夜子と桃子の二人が代わる代わる愛撫してくれるというのは何とも贅沢で、無限に淫欲が湧いてしまうようだった。

たちまち彼は、美少女のかぐわしい口に全身が含まれているような錯覚の中、激しく絶頂に達してしまった。

「いく……、アアッ、気持ちいい……！」

立て続けに何度射精しても快感が衰えることはなく、彼は喘ぎながら熱いザーメンを勢いよくほとばしらせた。

「ク……」

喉の奥を直撃され、噎せそうになった桃子が呻いたが、なおも吸引と摩擦は続行してくれ、彼も心ゆくまで快感を味わいながら射精した。

やがて最後の一滴まで絞り尽くすと、純児はグッタリと身を投げ出し、桃子も動きを停めた。そして亀頭を含んだままゴクリとザーメンを飲み込み、ようやく口を離して濡れた尿道口を舐め回した。

「あうう……、も、もういいよ、有難う……」

過敏に幹を震わせて呻くと、桃子も舌を引っ込め、そのまま再び添い寝してきた。

純児は美少女に腕枕してもらい、濃厚に甘酸っぱい果実臭の吐息を間近に嗅ぎながら、うっとりと余韻を嚙み締めた。

「私、また寝るわね」

「うん、僕も……」

桃子が言うので彼も答え、腕が痺れるといけないので彼が腕枕してやった。

そして重みと温もりを感じているうち、また彼女は無心な寝息を立てはじめ、純児も眠ってしまったのだった……。

――しばらく経ち、純児は賀夜子に揺り起こされて目を覚ました。

「着いたわ」

「え、ええ……」

言われて彼は答え、起き上がるとすでに桃子の姿はなく、服を着て上にいるようだった。そして窓から外を見ると、そこは湘南のヨットハーバーではなく、海が広がっているだけだ。

太陽は、ほぼ中天にあるようだ。

「え？　ここは……」

驚いて全裸のまま階段を上がってみると、そこは何と桃尻島の桟橋ではないか。

建物の前には、佐和子と浪代、光枝の三人が出迎えるように並んで立っている。

ということは、帰路に着く時、賀夜子が無線でも使い、島に戻ることを佐和子たちに報《しら》せていたのだろう。

「ど、どういうことです……」

「ごめんなさいね。途中で気が変わって、やっぱり戻ってしまったわ。一族の本能からは、逃れられなかったみたい」

詰問すると、賀夜子が済まなそうに答えた。

「あーあ、東京見物したかったのにな……」

服を着た桃子が言い、仕方ないといった様子で桟橋へ降り立った。

「ふ、船を出して下さい」

「もう無理、燃料を補充しないと走れないわ。さあ下りましょう。服は着なくていいわ。どうせ私たちしかいないのだから」

賀夜子が促し、サンダルだけ出してくれ、純児の手を握って桟橋へ下りた。彼も否応なく全裸のまま桟橋に移り、賀夜子に手を引かれて建物へと向かったのだった。

「お帰り、出戻り島へ」

佐和子が笑みを含んで言い、浪代と光枝も笑顔で彼を迎え入れた。

純児は不安でいっぱいで、体を重く感じ、泣き笑いのような曖昧《あいまい》な表情で会釈するのが精いっぱいだった。

「さあ、とにかくお昼にしましょう」

佐和子が言って彼を招いた。とても水上戦闘機を操縦したとは思えない、いつものように優雅な美熟女である。

食卓に着くと、エプロン姿の光枝がシチューを皿に盛ってくれた。

皆も並んで座り、順々に皿を回してきたので、特に純児のものだけ精力剤が入っているとも思えない。

やがて六人でテーブルを囲み、シチューとサラダにパンの昼食を取った。

（ど、どうなるんだろう……）

純児は不安で食欲は湧かないが、それでも口に運ぶたび熱いシチューが心地よく喉を通過していった。

唯一の味方に思えた賀夜子まで、すっかり一族の一人として島に滞在するらしいので、もう当分は出航することもなさそうだ。

結局、また女性たちと順々に肌を重ねて射精しまくる日々が始まるのだろうか。

皆に飽きられるか、全員が妊娠するか、あるいは純児が衰弱死するまで……。

とにかく彼が全裸のまま食事を終えると、光枝は洗い物をし、賀夜子と桃子は二階へ行って休むようだった。

「じゃ、こっちへ来てね」

佐和子が言い、純児は招かれるまま食堂からリビングに行った。

もう船が出ない以上、この島全体が密室だから、地下牢に入れられることはなさそうだ。

見ると、カーペットの床にマットレスが敷かれていた。

4

「さあ、そこに寝て。逃げだしたお仕置きをしないと」

佐和子が言い、純児をマットレスに仰向けにさせた。

　すると浪代と光枝も来て、三人の美女たちが手早く服を脱ぎ去り、たちまち一糸まとわぬ姿になったのだった。

　まだ彼の心身は不安に包まれ、ペニスも恥毛に埋もれるように萎えたままだった。

「可愛いわ、縮んじゃってる」

　浪代が言い、彼の股間に屈み込んできた。そして光枝も顔を寄せ、二人で熱い息を混じらせながらペニスに迫ってきたのである。

　佐和子は純児の頭の方にあるソファに腰を下ろし、爪先で彼の髪や耳を弄《もてあそ》んだ。

　そして浪代と光枝が同時に亀頭に舌を這わせ、佐和子の足指が彼の鼻に擦り付けられたのだ。

　佐和子の指の股は汗と脂に生温かく湿り、蒸れた匂いを感じ、同時に浪代と光枝に交互にしゃぶられ、たちまち彼自身はムクムクと勃起していった。

　いかに船中で賀夜子や桃子を相手に何度となく射精しても、やはり一眠りして心身が回復していたか、あるいはシチューに精力剤が入っていて、否応なく反応してしまったのかも知れない。

「わあ、勃ってきたわ……」

　光枝が嬉しそうに言い、なおも二人で代わる代わる亀頭を吸い、クチュクチュと舌を這わせ続けた。

「ああ……」

純児は腰をくねらせて喘いだ。監禁されるというのに感じてしまうとは、やはり美女たちの魅力には敵《かな》わないということだろうか。

股間にいる二人は彼の両脚を浮かせ、肛門や陰嚢にも舌を這わせてきた。

純児も、無意識に佐和子の爪先をしゃぶり、後戻りできないほどピンピンに勃起して快感を受け止めていた。

「ここのお肉、美味しそう」

「骨を外すと、簡単にお肉が離れるわ」

浪代と光枝が、彼の尻や内腿にキュッと歯を食い込ませながらヒソヒソと話している。もちろんからかっているだけだろうし、それも純児には興奮を高める刺激となってペニスが萎えるようなことはなかった。

肛門にもどちらかの舌がヌルッと潜り込み、

「あう……」

純児は妖しい快感に呻きながら、肛門で美女の舌を締め付けた。

やがて二人は彼の股間を前も後ろもさんざん貪り、暴発する前に顔を離し、身を起こしてきた。

そして仰向けの純児の顔の左右に立ち、体を支え合いながら彼の顔に足裏を乗せてきたのである。

彼は、三人分の足裏を顔全体で受け止め、それぞれの指の股に沁み付いたムレムレの匂いで鼻腔を刺激されながら舌を這わせた。

やがて彼は三人分の両足を全て貪ると、ようやく彼女たちも足を離した。

するとリーダーの佐和子が移動し、彼の顔に跨がってしゃがみ込んできたのだ。

白い内腿がムッチリと張り詰め、熟れた割れ目が鼻先に迫った。

真下から観察する暇もなく、彼女の股間がキュッと純児の鼻と口を塞いだ。

やはりこれはお仕置きらしく、佐和子の行動も容赦がなかった。

純児は柔らかく蒸れた恥毛に籠もる、汗とオシッコの匂いに噎せ返りながら陰唇の内側に舌を這わせた。

熱く淡い酸味を含んだ愛液がトロトロと溢れ、しかも佐和子が割れ目を擦り付けるので、彼の顔中がヌラヌラとまみれた。

膣口の襞を掻き回し、突き立ったクリトリスまで舐め上げていくと、

「アア、いい気持ち……」

佐和子が喘ぎ、新たなヌメリを漏らしてヒクヒクと身悶えた。

さらに彼女が前進し、尻の谷間を純児の鼻に押し付けてきた。

豊満な双丘がピッタリと密着し、彼は蕾に籠もる蒸れた匂いに噎せ返りながら懸命に舌を這わせた。

ヌルッと潜り込ませて滑らかな粘膜を探ると、割れ目から溢れる愛液が彼の鼻筋に生ぬるく滴ってきた。

やがて前も後ろも舐められ、気が済んだように佐和子が腰を浮かせ、彼の股間に移動してペニスをしゃぶってくれた。

すると今度は浪代が純児の顔に跨がり、しゃがみ込んで濡れた股間を押し付けてきた。彼女の割れ目も愛液が大洪水となり、蒸れた汗とオシッコの匂いを悩ましく籠もらせていた。

彼は、佐和子とは微妙に異なる匂いに酔いしれながら舌を這わせ、大きなクリトリスに吸い付いた。

「あう、いいわ……」

浪代が呻き、執拗にクリトリスを彼の口に押し付けた。その間も、佐和子の口の中でペニスが舌に翻弄されていた。

さらに浪代が前進し、尻を押し付けてきた。レモンの先のように突き出た艶めかしい蕾にも蒸れた匂いが沁み付き、彼は舌を這わせてヌルッと潜り込ませた。

「く……、いい気持ち……」

「早く交代……」

浪代が呻くと、急かすように光枝が言って迫ったので、浪代も渋々交代した。

光枝も遠慮なくしゃがんで割れ目を押し付け、純児は蒸れた匂いに噎せ返りながら舌を這わせた。

もちろんヌメリをすすり、割れ目とクリトリスを貪ると、光枝は自分から前進して尻の谷間も密着させてきた。

ローターの挿入に慣れた蕾はヌルッと奥まで舌が入り、甘苦く滑らかな粘膜を探るとキュッと肛門が締まった。

いっぽうペニスをしゃぶっていた佐和子が口を離し、身を起こして前進してきたのだ。そして彼の股間に跨がり、先端に濡れた割れ目を押し当て、ゆっくり腰を沈めて膣口に受け入れていった。

ヌルヌルッと滑らかに根元まで嵌まり込むと、

「アア……、いい……」

佐和子がピッタリと股間を密着させて座り、熱く喘いで締め付けてきた。

やがて佐和子が身を重ねてくると、浪代と光枝も彼の顔から離れて左右から添い寝してきた。

すると佐和子が巨乳を突き出し、彼の顔に押し付けてきた。

純児はチュッと乳首に吸い付き、顔中で柔らかな巨乳を感じながら、膣内のペニスをヒクヒクと震わせた。

左右からは、浪代と光枝も乳房を迫らせ、彼は膨らみに圧倒されながら順々に三人分の乳首を含んで舐め回した。

浪代の乳首からは、すっかり少量になっていたが、まだ生ぬるく薄甘い母乳が滲み出ていた。

三人の体臭が甘ったるく混じり、悩ましく鼻腔が掻き回された。

やはり三人分ともなると汗の匂いも濃厚になり、彼は胸を満たして噎せ返った。

純児は自分から三人の腋の下に鼻を埋め込み、腋毛に籠もる濃く甘ったるい匂いに酔いしれた。

そして佐和子が真上から近々と顔を寄せてきた。

「もう逃がさないわよ」

切れ長の怖い眼で囁かれ、彼は熱く甘い白粉臭の吐息に鼻腔を刺激された。

佐和子の舌が伸ばされ、彼の鼻の頭をチロリと舐めてから、ピッタリと唇が重なった。そして舌をからめると、何と左右から二人も舌を伸ばし、彼の口に割り込ませてきたのである。

それぞれの舌が競い合うように潜り込み、チロチロと蠢いた。

浪代のシナモン臭の吐息が、佐和子の白粉臭に混じり、昼食後に歯磨きしていない光枝の息もほのかなオニオン臭を含んで彼の鼻腔を刺激した。

何という贅沢な体験であろうか。

彼の鼻腔も顔も、美女たちの混じり合った熱い吐息に湿り、口にも三人分の生温かな唾液が流れ込んできた。

純児は滑らかに蠢くそれぞれの舌を舐めては、注がれるミックス唾液でうっとりと喉を潤した。

ようやく、佐和子の腰が動きはじめ、彼もズンズンと合わせて股間を突き上げた。

大量に溢れる愛液が互いの股間をビショビショにさせ、クチュクチュと湿った摩擦音も響いてきた。

さらに三人が唾液を垂らし、彼の顔中をヌラヌラと舐めてくれたのだ。

混じり合った唾液と吐息の渦の中、彼も絶頂を迫らせていった。

「ああ、気持ちいいわ、いきそうよ……」

佐和子が収縮を強めて喘いだ。

純児も、いかに不安に包まれていようとも、あまりの快感と三人のボリュームに圧倒され、たちまち絶頂に達してしまった。

「い、いく……！」

彼は溶けてしまいそうな大きな快感に貫かれて口走り、ありったけの熱いザーメンをドクンドクンと勢いよくほとばしらせると、

「いいわ……、アアーッ……！」

佐和子も声を上ずらせ、ガクガクと狂おしいオルガスムスの痙攣を開始した。

きつい収縮の中で彼は快感を噛み締め、心置きなく最後の一滴まで出し尽くしていった。

「ああ……」

すっかり満足しながら声を洩らし、純児は徐々に突き上げを弱めてゆき、やがてグッタリと身を投げ出していった。

佐和子も熟れ肌の硬直を解いて力を抜くと、遠慮なく彼に体重を預けてもたれかか

ってきた。

まだ息づく膣内でヒクヒクと幹を震わせ、彼は三人分の熱くかぐわしい吐息を嗅ぎながら、うっとりと余韻に浸り込んでいったのだった。

5

(これから一体どうなるんだろう……)

純児は、自室で横になりながら思った。

あれから佐和子が身を離してバスルームへ行くと、浪代と光枝を相手に挿入し、夕食の時間まで弄ばれ続けたのだ。

もう何度射精したか分からなくなったが、それでも愛撫されると反応してしまうのが悲しく、無尽蔵の性欲が自分でも不思議だった。

そして夕食と入浴を終えると、ようやく純児は二階の部屋に戻ることが出来たのである。

肉体はすっかり疲労しているのに、目が冴えて眠れない。

どちらにしろクルーザーの操縦は出来ないのだから、賀夜子が再び味方になってくれない限り島を抜け出すことは不可能だった。

あれから服も着せてもらえず、ずっと彼は全裸のままである。

もっとも夏間近の季節だから寒くはないし、外へ出る用もないのだ。

と、その時ドアが軽くノックされ、その賀夜子が静かに入ってきた。

「か、賀夜子先生……」

純児は驚いて枕元のスタンドを点けると、メガネにパジャマ姿の賀夜子がそっと添い寝してくれた。

「大丈夫？　いじめられなかった？」

「ええ、ひたすらセックスさせられただけですけど……」

純児は答え、甘えるように彼女に腕枕してもらった。

やはり島に来てから全員とは初対面だったから、以前から知っている賀夜子が頼もしかった。

「何とか、島から抜け出せないでしょうか……」

「無理だわ。もう快楽のこと以外、何も考えない方がいいわ」

言うと、賀夜子が答えた。

彼の顔を胸に抱きながらも、見上げるとその口調も表情も冷たく、完全に一族の一員になっているようだった。

「そんな、大学には性欲を持て余した男子なんていくらでもいるから、そいつらを順々に島へ寄越せば……」

「私たちは、一人の男だけで充分なの」

賀夜子が言う。

「確かに、動物界にも昆虫界にも、一匹の牡に多くの牝が群がる形態があるけど、でもみんな一度はそれぞれの男と結婚したんだし……」

「そう、一人目は男との快楽を知るために必要だったのね。それが別れて一人になると、急に集って一人の男を共有する遺伝子を持っているみたい」

どうやら、賀夜子自身も一族の習性がよく分かっていないようである。

「それなら僕でなくても……」

「ダメ、私が君を選んだのだし、みんなも君が気に入ったのだから」

「もし、僕が全く勃たなくなってしまったら……？」

「それはその時のこと。でも当分、君は反応するわ」

賀夜子は言い、そっと彼の股間に指を這わせてきた。

確かに純児は、彼女の花粉臭の吐息と温もりを感じながら、股間がムズムズしはじめたのを感じていたのである。

何しろ賀夜子は彼にとって最初の女性だから、最も好きで、その匂いは興奮と同時に安らぎも与えてくれるものだった。

いかに彼女の心が一族の冷たいものになっても、純児にとって賀夜子への執着は変わりないものであった。

ペニスを指で弄んでいた賀夜子は身を起こし、いったん手を離すと手早くパジャマの上下と下着を脱ぎ去り、全裸になってしまった。

そしてメガネだけかけたまま、屈み込んで亀頭にしゃぶり付いてきた。

「ああ……」

純児は快感に喘ぎながら賀夜子の下半身を引き寄せると、彼女も亀頭を含んだまま移動してくれた。

やがて互いの内腿を枕にしたシックスナインの体勢になり、彼は茂みに鼻を埋め、蒸れた匂いを貪ってから割れ目を舐め回した。

湯上がりのため、さして匂いは濃くないが、クリトリスを舐め回すと愛液はたっぷり溢れてきた。

「ンンッ……」

感じると賀夜子がビクリと反応し、反射的にチュッと強く亀頭に吸い付いてきた。互いの最も感じる部分を舐め回し、股間に熱い息を籠もらせながら、彼自身は賀夜子の口の中で最大限に膨張した。

やがて彼自身が生温かな唾液にたっぷりまみれると、賀夜子はスポンと口を離し、彼の顔から股間を引き離した。

向き直り、仰向けの彼の股間に跨がると、先端に割れ目を押し当て、ゆっくり腰を沈めて深々と受け入れていった。

全く純児は、食事と睡眠以外、常に誰かと交わっているのだ。

ヌルヌルッと根元まで嵌まり込むと、

「アアッ……、いい気持ち……」

賀夜子が熱く喘ぎ、すぐにも身を重ねてきたので、純児も両手を回してしがみつき、両膝を立てて尻を支えた。

彼も肉襞の摩擦と温もり、潤いと締め付けを味わいながら潜り込んで乳首を吸い、充分に舌で転がした。

そして首筋を舐め上げて唇を求めると、賀夜子も上からピッタリと重ねてくれた。

舌を挿し入れて滑らかな歯並びを舐めると、彼女も歯を開いてネットリと舌をからめてきた。

「ンン……」

彼女が熱く呻いて舌を吸い、徐々に腰を動かしはじめた。

純児も股間を突き上げると、すぐにも愛液で動きが滑らかになり、ピチャクチャと淫らに湿った摩擦音が聞こえてきた。

「ああ、すぐいきそうよ……」

賀夜子が口を離し、動きを早めて熱く喘いだ。純児も、彼女の熱くかぐわしい吐息で鼻腔を刺激されながら絶頂を迫らせていった。

「もし僕が死んだら、賀夜子先生も僕を食べる？」

純児は、ゾクゾクと胸を震わせて訊いた。

「ええ、もちろん」

「うん、賀夜子先生ならいい……」

「そう、こんなふうに？」

彼女は答え、純児の頰にキュッと歯を立ててくれた。

「ああ、気持ちいい……」

純児は甘美な刺激に喘ぎ、股間を突き上げながらとうとう昇り詰めてしまった。

「いく……！」

口走りながら、何度射精しても衰えない快感に身を震わせた。

「いいわ……、アアーッ……！」

熱いザーメンの噴出を奥深くに感じた途端、賀夜子もオルガスムスのスイッチが入ったように声を上げ、ガクガクと狂おしく痙攣した。

彼は収縮と締め付けの中で心ゆくまで快感を味わい、最後の一滴まで出し尽くしていった。

満足しながら突き上げを弱めていくと、賀夜子も徐々に肌の強ばりを解き、

「ああ……」

声を洩らしてグッタリともたれかかってきた。

まだ膣内はキュッキュッと貪欲に締まり、中で過敏になった幹がピクンと跳ね上がった。

そして彼は賀夜子の喘ぐ口に鼻を押し込み、濃厚な花粉臭の吐息を胸いっぱいに嗅ぎながら、うっとりと快感の余韻を味わったのだった。

明日も、この繰り返しが続くのだろうか。

いつしか純児は不安よりも、こうなったらとことん女体の追究に専念しようと思い

はじめていた。

そのうち皆が彼に飽きるかも知れないし、あるいは本当に衰弱死してしまうかも知れない。

それでも今は、何だかどうでもよい気分になり、純児は賀夜子の重みと温もりを感じながら、奇妙な安らぎに包まれていったのだった……。

（了）

※本作品はフィクションです。
作品内の人名、地名、団体名等は
実在のものとは関係ありません。

長編小説

ふしだら美女《びじょ》の島《しま》

睦月影郎《むつきかげろう》

2023年6月26日　初版第一刷発行

ブックデザイン……………………… 橋元浩明(sowhat.Inc.)

発行人…………………………………………後藤明信
発行所………………………………………株式会社竹書房
〒102-0075　東京都千代田区三番町8－1
三番町東急ビル6F
email：info@takeshobo.co.jp
http://www.takeshobo.co.jp
印刷・製本…………………………中央精版印刷株式会社

竹書房文庫　好評既刊

長編小説

五人の未亡人

睦月影郎・著

独り身の美女たちと蜜だくの戯れ

さびしい女肌を味くらべ!

25歳の青年・土方敏五は、占い師を集めたビル『ペグハウス』で働くことになったが、そこは五人の美人占い師によって運営されていて、驚くべきことに全員が未亡人であった。そして夫を亡くして以来、欲望を溜めこんできた彼女たちは順々に敏五を誘惑してきて…!?　濃蜜未亡人エロス。

定価 本体700円＋税

TAKESHOBO Co.,Ltd.